Fritz Deppert
Buttmei
Sein erster Fall

Impressum:

1.Auflage 2016
Original Hardcoverausgabe 2009
Titelbild: shutterstock_94728388
Satz: Fred Uhde, Leipzig

ISBN: 978-3-943206-35-7

Alle Rechte vorbehalten.
Ein Nachdruck oder eine andere Verwertung ist nur mit schriftlicher Genehmigung des Verlags gestattet.

Copyright:

Naumann Verlag
Raiffeisenallee 10
82041 Oberhaching
www.mundartverlag.de

Fritz Deppert

Buttmei
Sein erster Fall

Philipp Buttmeis erster Fall

Aus dem Mundwinkel, der nicht von der Pfeife versperrt war, kaute er den schon oft gebrauchten Satz »Das Wetter richtet sich nun mal nicht nach dir« vor sich hin und stellte den Kragen auf, damit es ihm nicht in den Hals hineinregnete. Im Asphalt der Dorfstraße spiegelten sich der graue Himmel und die Häuserfassaden und wurden von den aufprallenden Tropfen in Wellen zerlegt, die sich ausbreiteten, bis sie von neuen Wellen durchbrochen wurden. Dicke Tropfen waren es, die es regnete. Als er das letzte Mal die Dorfstraße ging, war sie nicht asphaltiert und mit einer Mischung aus Schotter und Kies belegt, die er von einem Fahrradsturz schmerzlich in Erinnerung hatte. In der leichten Kurve, die sich dorfauswärts und bergab zog, merkte er, dass er zwar schon das Gleichgewicht halten, aber noch nicht lenken konnte. Als sich der Straßengraben bedrohlich näherte, sprang er ab und bremste seinen Fall mit den Ellenbogen. Die Kiesnarben konnte er jetzt im Alter noch bestätigend überprüfen. Den Kopf zu den Häusern zu heben, wagte er nicht, weil der Regen ihm dann die Augen zugeschwemmt hätte. Die Pfeife war längst ausgegangen. Der kalte Rauchgeschmack kroch in seine Zähne, und er kaute ihn.

Was brachte ihn nur dazu, bei diesem Sauwetter durch die Straße dieses gottverlassenen Nestes zu gehen? Tatort, war das Stichwort, dass ihm trotz seiner schlechten Laune einfiel. Und Tatort war eines der Stichwörter seines Lebens, das ihn in Bewegung setzte. Er war unterwegs zum Tatort. Wenn er in seiner aktiven Vergangenheit einen neuen Fall übernommen hatte, war das immer sein erster Weg gewesen. Neugier, die mehr als Berufsneugier war, auf das, was ihn dort erwartete, erzeugte in ihm eine Spannung, die er durchaus mit dem Genuss eines guten Glases Champagner verglich. Dies war nun der erste Fall seit seiner Pensionierung vor zwei Jahren. Er hatte erst unwirsch abgelehnt. Nie mehr wollte er Fälle übernehmen und Spuren nachgehen. Aber Anne Weber, die Tochter eines Freundes, bat so sehr darum und schien so in Nöten zu sein, dass er sich breitschlagen ließ.

Den Tatort, der ihn am Dorfende erwartete (das wusste er aus dem Brief, mit dem Anne ihn hierher verführt hatte – schließlich war hier ihr Vater Fritz Weber zu Tode gekommen, oder sollte er jetzt schon sagen, ermordet worden), markierten die Bedarfsampel für den Fußgängerüberweg, die es den Dorfbewohnern ermöglichte, die Umgehungsstraße zu überqueren, um zu ihren Feldern oder zu den wenigen Häusern jenseits dieser Straße zu gelangen.

»Mord«, hatte er ihr am Telefon gesagt, »Mord, wenn einer bei Rot über eine befahrene Straße geht und totgefahren wird? Das passiert wahrscheinlich jedem, der das versucht. Jedenfalls ist die Wahrscheinlichkeit hoch.«

»Du vergisst, dass Vater Grünen Star hatte und nur auf das Signal reagierte. Ohne das Signal für Grün wäre er niemals losgelaufen.«

»Wieso habt ihr an dieser Dorfstraße überhaupt eine Signaltonanlage?« hatte er naiv zurückgefragt.

»Weil ich sie für Vater erstritten habe. Ich musste mich bis zum Landrat vorkämpfen, aber wir haben die Einrichtung gekriegt.«

»Streitbar wart ihr schon immer«, war seine Antwort.

Und nun war er auf dem Weg zum Tatort, bevor er jenseits dieser Ampel Anne aufsuchen würde, um ihr zu sagen, dass er da war und bereits im Dorfgasthaus ein Zimmer gemietet hatte, um sein Gepäck loszuwerden. Ihr Angebot, bei ihr zu wohnen, würde er nicht annehmen, weil er erst einmal ermitteln wollte, ohne dass im Dorf herumgeredet wurde, wer er war. Das würde schnell genug geschehen. Die Buschtrommel würde wie früher funktionieren.

Er hörte das Rauschen der nassen Fahrbahn. Es näherte sich von beiden Seiten und entfernte sich im selben Rhythmus. Als er daraufhin den Kopf hob, sah er auch die Ampel. Eine stinknormale Ampel mit Rot-Gelb-Grün-Geblinke, langweilig wiederholt, schlimmer als Sekundenzeiger. Und darunter immer dieselben Männlein mit ihren stupiden Umrissen. Auch die Emanzipation hatte das nicht aufzulockern vermocht. Erst nachdem er einige Male den Wechsel beäugt hatte, als könnte er ihm irgend etwas Bedeutsames entnehmen, hörte er den Pfeifton, grell und laut genug, um selbst schwerhörige Ohren aufmerken zu lassen. Auch dem Verstummen und Neuaufklingen des

Tones hörte er mehrmals zu. Mit dieser Tonfolge musste sein Fall zu tun haben. Hatte da wer versucht, einen perfekten Mord zu inszenieren? Oder war es wirklich der zweifelsfreie Unfall, als der er in den Polizeiakten geführt wurde: »Unfall mit tödlichen Folgen«?

»Kommissar Buttmei, das herauszufinden ist deine Aufgabe«, sagte er zu sich. »Exkommissar«, flüsterte er als Nachklang zu dem ersten Satz. Solche Sätze, an sich selbst gerichtet, gehörten zu seinem Wesen, und er war nicht bereit, darüber nachzudenken, warum. Er war Junggeselle. »Na und?« Das tägliche Gespräch mit dem Hund, auf den er gekommen war, seitdem er pensioniert war, genügte ihm vollauf. Ob Theo sich in dem Gasthauszimmer schon zurechtgefunden hatte? Das nächste Mal würde er ihn zum Tatort mitnehmen.

Er ging an den Straßenrand heran, so nahe, wie es die wasserspritzenden Fahrzeuge zuließen. Er sah nach links. Ein dichtbefahrenes normalgraues Straßenband. Die Autos hatten die Lichter eingeschaltet, um im Regen besser gesehen zu werden. Über dem grauen Band Grauwolken, konturenlos und tief heruntergehängt. Zu beiden Seiten der Straße die grünen und braunen Quadrate der Felder, hügelig zum Mischwald hinaufgezogen und mit Nässe vollgesogen wie Schwämme. Nach rechts nahezu das gleiche Bild. Nur die Hügel flachten ab. Dort, wo sie ganz verschwanden, hockte ein schmutzigweißer Dunst auf der Erde und schluckte alles, sogar Autos, Straßen und zuletzt die Lichter.

Der Überweg war breit, er war eindeutig durch weiße Streifen gekennzeichnet. Buttmei sah nichts, was außergewöhnlich gewesen wäre. Er drückte den Schalter, der die Fußgängerampel auslöste und zugleich – wie an der Blaufärbung des Schalters und dem abgebildeten weißen Stock zu erkennen war – auch den Pfeifton, der dem Blinden signalisierte, dass die Ampel für ihn auf Grün geschaltet hatte, und überquerte die Ampel, sorgfältig nach rechts und links blickend, als könnte er doch noch etwas Besonderes entdecken. Dazwischen schielte er auf den gehorsamen Stillstand der Autos. Sein Misstrauen gegen Technik brachte ihn dazu zu überprüfen, ob alles so funktionierte, wie es sollte. Aber die Autos standen, und ihre Fahrer warteten mit angewinkelten Köpfen auf ihr Zeichen zur Weiterfahrt. Dass einer von den Ungeduldigen, die stets meinten, die Welt sei zuerst für sie da, leicht gegen den Fußgängerüberweg anrollte, gehörte zum Spiel menschlicher Tugenden. Aber gerade das behielt er gern im Auge, weil sich in dieses Spiel immer wieder gefährliche Varianten einschlichen.

Nun war er drüben. Der Signalton verstummte. Es dauerte noch eine Weile, bis die Ampel das rote Männchen zeigte – lange genug, um rechtzeitig von der Straße herunterzukommen. Er hätte sich nicht umdrehen zu brauchen, um das festzustellen. Trotzdem drückte er den blauen Schalter ein zweites Mal und wartete die Reaktion ab. Die Blicke der ungeduldigen Autofahrer, als er nicht die Straße überquerte, amüsierten ihn.

Wenn er nun in den Hohlweg hineinging und auf dem ansteigenden Weg über die Ränder hinaufkam, würde er das Haus, in dem Anne ihn erwartete, sehen können. So dicht waberte der Regendunst nicht, dass er es hätte ganz verschlucken können. Er ging schneller.

Bevor er zum Haus kam, drehte er sich noch einmal nach der Ampel um. Sie war nicht mehr zu sehen, auch der Ton war nicht mehr zu hören. »Eine Gedenkminute für den alten Kauz hätte ich eigentlich einlegen müssen, so was wie ein stummes Erinnerungsgebet.« Aber Abläufe unter den Stichwörtern Mordfall und Tatort hatten es ihn vergessen lassen.

Anne musste ihn erwartet haben; sie war nach dem ersten Läuten an der Tür und fiel ihm ohne Worte und Anlauf um den Hals. Eigentlich waren ihm solche körperlichen Annäherungen zuwider. Auch das war einer der Gründe für sein Junggesellendasein.

Aber wenn so eine liebe Person wie Anne seine Schrullen missachtete und ihm einfach mit ihrem warmen Frauenkörper nahekam, fühlte er sich auf durchaus wohltuende Weise überredet stehenzubleiben und es auszuhalten. Ein wenig genoss er es sogar, trotz ihrer Bemerkung, er sei ja immer noch schlecht rasiert. Anne war seit ihrer Scheidung noch hübscher geworden. Als er es ihr sagte, meinte sie lachend, »für deinen Geschmack«, und er fragte lieber nicht nach, was sie von seinem Geschmack hielt.

Sie war ungeschminkt. Seit ihrer Scheidung hatte sie mit dem Schminken aufgehört, trug auch kaum noch Schmuck oder auffällige Kleidung. Ihre Bewegungen hatten immer noch etwas von dem Ungestüm des Mädchens. Sie gefiel ihm, und das war im Rahmen seines eingefleischten und unauflösbaren Junggesellentums bemerkenswert. Als er ihr zum ersten Mal begegnete, hatte sie ihn mit ihrem typischen Lachen gemustert: »Philipp Buttmei? Unter dem Namen habe ich mir eigentlich einen kleinen Dicken vorgestellt, einen pausbäckigen und behäbigen. Aber Sie sehen gar nicht so aus.« Ihr Lachen zurückgebend, hatte er erwidert: »Das gehört alles zur Tarnung.« Und ernsthafter angefügt: »Mein Urgroßvater war wohl so ein Runder. Ein Kolonialwarenhändler, dem es selbst schmeckt und der Kutsche fuhr, statt zu laufen. Und nun heiße ich wie er. Aber mit den Namen, den uns die Eltern anhängen, müssen wir leben.« – »Heutzutage nicht mehr!« hatte sie ihn belehrt. – »Zu spät für mich.« Mit diesem Satz hatte das Gespräch geendet.

Tee mit Rum war vorbereitet, und nach ein paar gegenseitigen Suchfloskeln kam Anne schnell und ohne Umwege zur Sache. Sie beschrieb den Todestag ihres Vaters, den sie den Mordtag nannte. Er machte Notizen in den kleinen Block, den er aus Gewohnheit auch nach seiner Pensionierung noch in der Brusttasche trug, inzwischen jedoch nur benutzte, wenn er unterwegs war und eine Einkaufsliste aufschrieb.

»Vater war, wie du weißt, eigensinnig; er wollte so wenig wie möglich geholfen haben. So war es auch an diesem Tag. Er ging alleine los. Immerhin hatte er sich an die Benutzung eines Blindenstocks gewöhnen lassen. Er wollte zu dem kleinen Postamt am Dorfplatz, Post abgeben, Briefmarken holen und danach zurückkommen. Seit dem Konflikt mit den Alteingesessenen und ihren Nachkommen hielt er sich selten sehr lange im Dorf auf. Er hasste die nutzlosen Diskussionen und die Bemerkungen, die man hinter seinem Rücken über ihn machte. Die abfälligen und drohenden Gesten sah er zwar nicht, aber er spürte sie. Auch erkannte er, da er seit seiner Kindheit in diesem Dorf gelebt hatte, die meisten Stimmen am Tonfall.«

Sie saß einen Moment schweigend und mit geschlossenen Augen. In Gedanken ging sie ihrem Vater hinterher: »Er muss schnell gegangen sein. Es kann auch nichts Außergewöhnliches geschehen sein, so dass es für ihn keinen Grund für Verzögerungen gab. Ich bin den Weg ein dutzendmal nachgegangen, auch mit der Uhr in der Hand. Ich habe der Poststellenfrau immer wieder die Fragen gestellt, was geschehen sein könnte. ›Nichts‹, sagte sie, ›Briefmarken hat er gekauft. Danach ist er zurückgegangen.‹ Das Krachen der zusammenstoßenden Autos habe man im Dorf gehört. Was passiert ist, kennst du aus dem Polizeibericht. Die Ampel und die Warntonanlage sind überprüft worden. Sie arbeiteten fehlerfrei. Warum also sollte Vater bei Rot über die Straße laufen? Warum? Weil er nur noch grobe Umrisse und Bewegungen erkannte? Das war seit fünf Jahren so, und über diese

Ampel ging er seit drei Jahren. Es gibt keinen Grund, außer dass man ihn dazu gezwungen hat.« Sie legte wieder eine Pause ein. »Und du musst herausfinden, wer ihn dazu gezwungen hat. Die Mörder, du musst sie finden.«

Sie saßen eine Weile schweigend. Er kaute an seiner Pfeife, sie sah vor sich hin. Das Zimmer wurde dämmerig. Sie hatte, sah er, nichts verändert. Der Raum war aufgeräumt, wie ihr Vater als Blindgewordener ihn haben wollte, um sich schnell und ohne Hindernisse zurechtfinden zu können.

Er nahm die Pfeife aus dem Mund und sprach sie an: »Wieso bist du überzeugt, dass dein Vater ermordet wurde? Die Ampel ist und war in Ordnung, der Signaltonschalter ebenfalls. Die Polizei hat das sehr gründlich und sorgfältig untersucht, das Protokoll belegt, wie genau die Beamten es genommen haben.«

»Ich will nicht bestreiten, dass sie sich Mühe gegeben haben. Aber Mühegeben reicht in diesem Fall nicht.«

»Warum nicht?«

»Es hat Morddrohungen gegeben.«

»Auch dem wurde, wie dem Protokoll zu entnehmen ist, nachgegangen.«

»Ich wusste damals noch nicht, was ich heute weiß. Vater hatte mich in seine Untersuchungen nicht eingeweiht. Vielleicht, um mich zu schützen. Ich sah nur die Fotos, denn ich musste sie ihm genau beschreiben, und ich war zu naiv, mich darüber allzu sehr zu beschäftigen. Für mich waren es belanglose Fotos vom Steinbruch oben im Bannwald, von mir unbekannten Lastwagen im Dorf, von Traktoren mit Anhängern, sogar von einzelnen Müllstücken – zerbrochene, zerfetzte schwarze und graue Platten. Er sagte dazu: ›Der Steinbruch wird ihnen noch das Genick brechen.‹ Aber er sagte oft solche mir unverständlichen Sätze.«

»Du hast die Fotos noch?«

»Ja, sie liegen in seinem Archiv. Ich musste sie mit Streifen und in Blindenschrift übertragenen Ziffern auf der Rückseite markieren, damit er sie einordnen konnte. Aber ich habe mich erst nach seinem Tod im Archiv, in dem er oft allein sein wollte, umgesehen und genauer über das informiert, was ihn beschäftigte. Denn eines hatte ich wohl bemerkt: dass er im Dorf, seitdem er sich mit solchen Dokumenten nicht nur befasste, sondern auch darüber sprach, mehr und mehr angefeindet wurde. Gemocht haben sie dort den ihrer Meinung nach sonderbaren und spöttischen Alten sowieso nie.«

»Das kenne ich an ihm!«

»Aus den Morddrohungsbriefen ging hervor, dass er irgendwelchen im Dorf ein Ultimatum gestellt haben soll. Der Schlüssel dafür muss ihm Archiv liegen.«

»Hast du die Drohbriefe?«

»Ja, auch sie liegen im Archiv.«

»Ich werde mir morgen das Archiv ansehen. – Wieso vermutest du einen Anschlag auf deinen Vater?«

»Durch die Ereignisse, die davor stattgefunden und sich gesteigert haben bis zu seiner Ermordung.«

Der kaltgewordene Tee schmeckte nicht mehr. Sie räumte ihn ab. Dann fragte sie Buttmei: »Warum bist nicht zu mir gezogen? Ich habe ein Zimmer für dich vorbreitet«.

»Wenn es ein Mord war, dann ist es besser, ich wohne im Dorf und werde nicht allzu schnell mit dem Fall in Verbindung gebracht. Die werden zwar ihr Geschwätz über mich halten. Ich kenne die Tratschtrommel noch sehr gut aus der Zeit, in der ich hier für gut zwei Jahre mit meinen Eltern evakuiert war. Es wird auch nicht ewig dauern, bis einer von den Alten mich erkennen wird. Irgendwie freue ich mich sogar darauf und auf die Vermutungen, die sie anstellen werden, aber ich hätte gern eine Zeitlang den Vorsprung, dass sie nicht wissen, wer ich bin. Ich werde jetzt zurückgehen in den Gasthof. – Eine Frage noch: Warum hatte Fritz keinen Blindenhund?«

»Wegen der Katzen.«

»Katzen? Wo sind sie? Ich frage wegen Theo.«

»Sie liefen frei. Irgendwann nach Vaters Tod sind sie entweder nicht zurückgekommen – die Dorfjäger schießen auf alles, was sich im Freien bewegt – oder einem Hund oder einem Fuchs zum Opfer gefallen. Eine wurde vergiftet. Da lebte Vater noch. Die haben uns angetan, was sie uns antun konnten.«

»Wer: ›die‹?«

»Viele. Du wirst es im Archiv herausfinden können«.

Sie überredete ihn zu einem einfachen Abendessen. Dann suchte er in der Dunkelheit, die bis auf wenige Meter die Landschaft verschluckt hatte, den Weg zur Ampel und ins Dorf zurück. Einmal meinte er, weghuschende Schritte zu hören. Aber von den vielen Waldgängen, mit denen er als Jugendlicher die Dorfzeit überbrückt und ausgestanden hatte – Waldläufer hatten sie ihn genannt –, wusste er, auch im Laub wegtrippelnde Amseln machen solche Geräusche, und die Nacht verstärkt sie so, dass sie wie Schritte klingen.

An der Ampel testete er noch einmal den Ablauf, zwang die Autos, die rasch das Dorf umfahren wollten, mehrmals zum Anhalten. Im Gasthaus ging er zuerst in sein Zimmer, um nach Theo zu sehen. Die schmale und steile Holztreppe nach oben stieß gegen seine Kniegelenke. Er spürte seine arthritischen Schwachstellen und zog sich, um sie zu entlasten, an der Geländerstange hoch. Die Stufen knarrten, und Theo bellte. Der Empfang im Zimmer bestand aus vorwurfvollen Blicken und so heftigem Schwanzwackeln, dass der ganze Hundekörper ebenfalls ins Wackeln geriet.

Theo war die seltsame Mischung aus weißem Spitz und schwarzem Dackel, ein einfältiger Bastard, weiß und schwarz gefleckt und wie ein zu groß geratener Dackel aussehend, so dass besonders die krummen Beine auffielen. Aufgelesen hatte er ihn, fast verhungert, verängstigt, irgendwo weggejagt. Nun war er zu fett und schnaufte, wenn es ihm zu schnell ging, und Angst hatte er auch keine mehr. Jeder fremde Hund wurde angegiftet, streichelnde Kinder angeknurrt, und er wäre, wenn einer seinem Herrn und Ernährer zu nahe gekommen wäre, ihm an die Beine gefahren. Buttmei hatte sowieso manchmal das Gefühl, als schiele Theo sehr begehrlich nach Hosenbeinen. Aber schon der Satz »Theo, mach mir keinen Ärger!« besänftigte den Hund, jedenfalls nach außen hin.

Warum er das Tier mitgenommen und behalten hatte? Weil er, frisch pensioniert, Gesellschaft suchte, weil er mit ihm reden konnte, ohne dass er Konversation mit ihm machen wollte, oder einfach, weil er ihm leid tat. Und zum alten Eisen geworfen fühlte er sich manchmal schon. Deshalb hatte er auch Annes Bitte nachgegeben. Und nun, fühlte er zu seiner Überraschung plötzlich so etwas wie Lust, auf den Spuren seiner Jugend zu wandeln, die er immerhin mehr als zwei Jahre in diesem Dorf hatte ziehen müssen. Vor allem die Waldwege, die seine Fluchtwege waren, wollte er gehen. »Morgen oder übermorgen«, nahm er sich vor.

Jetzt bekam Theo zuerst einmal seine Streicheleinheiten, ein paar Klapse, ein paar freundliche Worte. Die von zu Hause mitgebrachte Schlafdecke hatte er ihm bereits hingelegt, bevor er weggegangen war. Wenn Theo sie roch und sich in sie hineinrollen konnte, war er auch in fremden Zimmern leidlich zufrieden.

»Morgen darfst du mit«, sagte er noch zu ihm, »dafür werde ich jetzt in die Gaststube gehen und meinen abendlichen Rotwein trinken. Hoffentlich haben die etwas Trinkbares.«

Bevor er die Stubentüre öffnete, erblickte er sich in einem mannshohen Spiegel, der beim Türaufschlagen von ihr verdeckt wurde. Hinter seinem Spiegelbild wurde das Zimmer wiedergegeben. Das Fachwerk war bis nach innen durchgezogen, die Balken schwarz, die Zwischenräume weiß gestrichen. Die kleinen Fenster, die trotzdem Fensterkreuze hatten, was sie noch kleiner wirken ließ, waren mit kleinen Stores verhängt. Die Decke hing weiß gekalkt in die Stube hinunter. Auf der Bauernkommode standen noch wie früher Waschkrug und Waschschüssel auf Häkeldeckchen, obwohl inzwischen eine Duschzelle mit Toilette eingebaut worden war. Vor diesem Inventar, das ergänzt wurde durch Holzbett, Holzschrank und kleinen Tisch mit Stuhl, stand er am Spiegel und betrachtete sich. Er war nicht gerade großgewachsen, die Schultern hingen nach unten. Über den einfarbig blauen Pullover ragten die Hemdzipfel. Die eingelatschten braunen Schuhe kippten leicht nach außen. Keine Schönheit. »Aber«, fand er, »noch habe ich keinen Bauch, kein Doppelkinn, keine Brille. Und noch Haare auf dem Kopf, die nur an den Schläfen grau sind! Zum Friseur könnte ich mal wieder gehen.« Meist schnippelte er die Haare wenigstens an den Schläfen und über die Ohren selbst ab, um nicht zu oft den ungeliebten Weg zum Haareschneiden gehen zu müssen. Respekt hatte er keinen vor seiner Erscheinung. Das hatte er stets denen überlassen, hinter denen er her war und die er in der Regel erwischt hatte. Er strich die Haare zurecht, soweit das ging, besah dabei noch einmal sein Gesicht. Er fand es freundlich mit seinen braunen Augen und den kräftigen Brauen. Diese Freundlichkeit hatte manchen seiner Gegenspieler getäuscht. Sie nahmen ihn nicht ernst, und das war ein Vorteil für ihn. Umso erstaunter sahen sie ihn an, wenn er sie endgültig am Wickel hatte. Die Ohren standen auch nicht ab. Nachgelassen hatte das Gehör, vor allem das linke Ohr. Doch bisher machte er daraus eine Tugend und legte sich zum Einschlafen auf das rechte, dämpfte so alle Geräusche und schlief gut ein. Rasiert hatte er sich nicht, hatte jedoch keine Lust, es nachzuholen, auch wenn die Stoppeln im Gegensatz zu den Haaren silbrig glänzten. Philipp Buttmei. Er schnitt sich eine Fratze, streckte sich die Zunge heraus. Danach war er bereit, das Zimmer zu verlassen.

Die Treppenstufen knarrten wieder, als hätten sie auf ihn gewartet. Das Stechen in den Knien schmerzte treppab noch schärfer. Tourismus und Renovierungen gab es in Hinterhimmelsbach nicht, wozu auch. Seitdem die Umgehungsstraße existierte, verirrte sich nicht einmal ein fremdes Auto auf der Suche nach dem richtigen Weg hierher.

Die Gaststube war bis auf einen Ecktisch leer, die Bauern kamen erst nach dem Viehfüttern hierher. In ihren Ställen standen vor allem Kühe vor der Futterrinne aufgereiht. In den wegen des Gestanks entfernteren Ställen suhlten sich die Schweine, bis sie schlachtreif wurden. Die Stube war zurechtgeputzt worden zum Rittersaal. Wegen der Reste einer Burg auf einer der Waldkuppen: der Halbkreis des Turmstumpfes, ein halber Torbogen und ein paar Mauerstücke. Gras und Buschwerk überwuchsen sie. In der Evakuierungszeit gehörte der Ausflug hierher zu den möglichen Abwechslungen. Er saß dann auf einem der Steine, ungestört, das Dorf schien weit weg zu sein, und ließ seiner Phantasie freien Lauf. In Gedanken bekämpfte er Raubritter und Unterdrücker. Solange er spannende Geschichten erfand, spürte er den Hunger nicht.

In der Ritterstube schmückten Bilder mit Jagdszenen oder Rittern die weißen Zwischenräume im schwarzen Fachwerk. Ansonsten wurde der Raum zur Ritterstube durch eine mächtige Rüstung. Sie stand in einer Nische, umgittert, um neugierige Hände fernzuhalten, und hielt ein Schwert in den Eisenhandschuhen. Das Mobiliar war einfach. Blanke, glänzende Holztische, Holzstühle, wie man sie früher auf dem Land hatte, vier schräge Rundbeine, eine gerade und harte Sitzfläche, eine nach hinten geschrägte Lehne mit ausgesägtem Herz. Ein nachgebauter Kronleuchter hing glasglitzernd von der Decke.

Der Wirt stammte aus der nächsten Generation der Adams, der Alte lebt nicht mehr, seine Frau saß, so sagte ihm der Sohn, nur noch in ihrer Stube, weil es ihr mit ihrem verbogenen Rücken schwerfiel zu gehen. Als Wirt wies er sich aus durch Trachtenlook, eine weiße Halbschürze und rasche Bewegungen, die eifrig wirken sollten. Ein runder Stammtisch in der Ecke, markiert von einem Schild und an die Wand gehängten Sprüchen wie: »Wenn der Hahn kräht auf dem Mist, ändert sich das Wetter, oder es bleibt, wie es ist.« Dort saßen fünf Männer, Biergläser vor sich. Den grünen Joppen nach waren Jäger dabei oder welche, die es sein wollten. Ihre Väter, erinnerte er sich, hatten meist ein Gewehr in der Scheune versteckt und gingen auf die Jagd, wenn Pächter und Förster weit weg waren. Von den Jagdabenteuern erfuhr man allenfalls am Kirmestag, wenn die übliche Rede über zu belachende Jahresereignisse gehalten wurde. Beispielsweise die Geschichte des Wilderers, der eine Sau nur angeschossen hatte und vor dem wütenden Tier auf einen Baum fliehen musste. Da der Baum sich bog, zerfetzte ihm der Keiler die Schuhe, und er hatte zum Schaden den Spott. So kamen die alten Geschichte in seinem Gedächtnis empor, die er für vergraben und vergessen und ihn nicht mehr betreffend gehalten hatte.

Der Wirt brachte einen Trollinger. Er stand hellrot und süffig im Glas und schmeckte ihm, so dass er die kalt gewordene Pfeife vor sich auf den Tisch legte. Das laute Gelächter und Geprahle am Stammtisch störte ihn nicht, er hörte nur die Lautstärke, die Sätze ließ er an sich vorüberdröhnen. Doch plötzlich wachte etwas in ihm auf; da hatte, als er hinsah, einer kleine Holzpfeifen aus der Tasche gezogen und pfiff darauf Töne, die Tierlaute täuschend nachahmten: Lockpfeifen. Als der Wirt ihm den zweiten Trollinger brachte, fragte er ihn, während der ein Kreuz auf den Bierdeckel unter dem Glas machte: »Was sind das für Pfeifen?«

»Lockpfeifen. Damit kann man männliche Tiere anlocken«, bekam er zur Antwort.

»Das funktioniert?«

»Wenn die Böcke brünstig sind, merken die keinen Unterschied.«

»Und wo kriegt man die?«

»Im Jägerladen in der Stadt.«

Eigentlich ein unfairer und übler Trick, die männlichen Tiere in ihrer Paarungslust mit einer Pfeife zu täuschen und vor die Flinte des Jägers zu locken, dachte er und sagte laut: »Wenn ich als junger Kerl von den Pfeifen gewusst hätte, hätte ich die Tiere, die ich beobachten wollte, einfach herbeigepfiffen.«

»Waldgänger«, lachte der Wirt, und Buttmei erfuhr auf diese Weise, dass sein Spitzname im Dorf immer noch bekannt war.

Er beobachtete eine Weile die Stammtischbrüder und konnte sehen und hören, dass sie in der Lage waren, verschiedene Töne aus ein und derselben Pfeife zu locken. Dazu füllten sie kleine Mengen Wasser in das Pfeifeninnere oder leerten welches aus. Der Trollinger schmeckte wieder, seit er wusste, wie sie das machten. Er brachte auch die nötige Bettschwere.

Bevor er einschlief, beschäftigten ihn die Pfeifen. Der Wirt hatte recht: Sie hatten sein Waldgängertum neu geweckt. Er stellte sich vor, wie es ihm gelungen wäre, wenn er auf einem der Hochsitze saß und wartete, dass Tiere auf die Lichtung kamen. Das erinnerte ihn an den Hochsitz in seinem Lieblingstal, auf dem er Stunden verbracht hatte, in das Tal hineinsehend, den kleinen wirbelnden Bach entlang, in dem es noch Forellen und Krebse gab, über die Weidenbüsche, die Waldränder entlang, auf hervortretende Rehe hoffend. Auch der Fuchs fiel ihm ein, der das Tal im flirrenden Sonnenlicht und, ihn nicht bemerkend, heruntertrabte, fast unter seinen Füßen vorbei. Er hörte das Rauschen des Wassers und der Büsche, das Surren der Fliegen, Vogelgezwitscher und den langgezogenen Schrei eines kreisenden Bussards. Mit diesem tönenden Bild vor den geschlossenen Augen schlief er ein, bis die Hähne ihn wachkrähten.

Nach dem Frühstück band er Theo an die Leine und brach zu einem Waldspaziergang auf. Er wollte sich die Abfallgrube im stillgelegten Steinbruch unterhalb des Bannwaldhügels ansehen. Dort hatten die Dorfbewohner schon in der Zeit, die er unfreiwillig auf einem der Bauerhöfe verbracht hatte, alles abgeladen, was sie loswerden wollten, Bauschutt zum Beispiel oder kaputte Maschinenteile; Müll, der nicht verbrannt oder anders als ursprünglich genutzt werden konnte. Der Weg hügelauf hatte sich wenig verändert, das Gestrüpp am Wegrand war stärker gelichtet, auch der Waldrand mit seinem Mischwald aus Eichen und Buchen sah aus wie vor Jahrzehnten. Fast täglich war er hier heraufgegangen, um der Enge des Dorfes zu entkommen und die lodernden Flammen und die ohrenzerschlagenden Explosionen zu vergessen, die seine Jugend zusammen mit Wohnung, Haus und Spielplätzen und Schulfreunden verzehrt oder zerfetzt hatten. Hier lernte er zwar das Lachen, das er in der Bombennacht verloren hatte, nicht wieder, aber er kam zur Ruhe und lief dort, als lebte er für die Stunden seiner Waldläufe in einer heilen Welt. Das Stummsein der Baumstämme wirkte auch bei Regenwetter freundlich, in der Sonne flirrte das Laub, im Regen rauschte es leise. Die Bussardschreie rissen die blauen Himmel nicht entzwei und verebbten in den Kronen. Tiere, die er erblickte, flohen vor ihm. Doch die Rehe gewöhnten sich so an seine Gänge, dass sie, den Blick auf ihn gerichtet und die Ohren gespitzt, stehenblieben, solange er selbst in Bewegung war.

Auch jetzt empfing ihn der Wald schon nach wenigen Schritten mit besänftigender Ruhe. Nur Theo zappelte öfter an der Leine, weil er irgend etwas witterte, was Buttmei weder hörte noch sah.

An einer Lichtung, die den Blick zum Dorf freigab, hielt er inne und sah hinunter. An den Grashängen weideten die schwarz und weiß gefleckten Kühe unter Apfelbäumen. Stacheldraht zäunte den Weideplatz ein und schien Hinterhimmelsbach unzugänglich zu umringen. Der Kern des Dorfes wirkte unverändert, die roten, teilweise schwarz verblassten und moosgefleckten Biberschwanzziegel, das Gespann aus Wohnhaus und Scheune, das Fachwerk – dort, wo es frisch getüncht war, leuchtete es weiß herauf. Verändert hatte sich das Dorf an den Rändern, es wuchs Asphaltbändern entlang mit neuen gesichtslosen Häusern, die man in jedes andere Dorf hätte verpflanzen können, und verzweigte sich in die Felder hinein. Dort wohnte die junge Generation. Großfamilie unter einem Dach und in einem bäuerlichen Betrieb gab es kaum noch. Die neue Generation strebte nach einem eigenen Haus und vergrößerte die Dörfer wie mit Spinnenbeinen nach allen Seiten in Felder und Talsenken. Die alten Höfe wurden nach und nach aufgegeben. Die, die groß genug waren, um überleben zu können, ersetzten Knechte und die in andere Berufe abwandernden Kinder durch Maschinenparks. Die neuesten Häuser der jüngst aus Höfen ausgezogenen Nachfahren stachen unangenehm mit knallroten Ziegeln in das sanfte Landschaftsbild.

Er fand auch den Hof, in dem er über ein Jahr lang als ungebetener und unerwünschter Gast mit seinen Eltern hatte leben – oder zutreffender gesagt – hatte vegetieren müssen. Denn sie hungerten, da sie als Ausgebombte keine Tauschwaren hatten. Ohne Gegengabe rückten die Bauern nichts heraus, nicht einmal einen Apfel, selbst wenn er ungeerntet von den Zweigen fiel. Einer der Beilsteins hatte ihn mit der Peitsche aus der Wiese gejagt, als er einen heruntergefallenen Apfel auflesen wollte. Das wurmte ihn heute noch, sobald es ihm einfiel, und jetzt fiel es ihm ein, und dazu sah es so aus, als wären die Beilsteins in seinen Fall eingebunden. Er verdrängte diese Gedanken, so wie er seinen ersten Hass auf die Bauern damals verdrängt hatte, nachdem er in die Stadt zurückkehren durfte. Sein zu untersuchender Fall – eigentlich war es noch Annes Fall – rückte wieder in den Vordergrund seiner Gedanken.

Es gab nicht einen einzigen handfesten Hinweis auf Mord. Es gab zwar ein Motiv: die Feindschaft zwischen Fritz Weber und dem Dorf, die er noch genauer untersuchen musste. Es sollte ihm nicht schwerfallen, meinte er, da er die Mentalität der Bewohner von Hinterhimmelsbach einschätzen konnte. Sie würden nach außen hin eine Mauer des Schweigens um das Dorf ziehen. Diejenigen, die sich gerne wichtig machten und über alles Bescheid wissen wollten, würden geheimnisvolle Andeutungen machen. Doch sobald es öffentlich gemachte Beweise gab und die Schuldigen ausgedeutet werden konnten, würden sie von ihnen abrücken wie von Aussätzigen. Er würde anonyme Hinweise erhalten, die die Täter noch mehr belasteten, schriftliche und mündliche. Die letzteren mit dem Zusatz: Ich habe nichts gesagt.

Es gab eine Leiche. Aber es gab keine Anzeichen, dass diese Leiche durch Mord verursacht worden war. Mordgelüste existierten landauf, landab zahlreich, aber die ausgeführten Morde waren wesentlicher seltener als alle geheimen Wünsche oder öffentlichen Drohungen. Es sah eher so aus, als wäre der Tod die Folge eines Verkehrsunfalls. Bisher fehlte auch eine Tatwaffe oder gar die Spur eines Täters. Wenn er überhaupt etwas finden wollte, konnte es weder über Motive noch über die Leiche zum Ziel führen, sondern nur über das Wie. Wie hätte ein solcher Mord geschehen können, der so perfekt wie ein Unfall aussah? Er beschloss, die Protokolle noch einmal genau anschauen; oft stand in den Entwürfen mehr als im endgültigen Bericht. Das wusste er aus zahlreichen Erfahrungen mit eigenen Protokollen oder den Protokollen anderer. Einen Augenblick sah er seinen alten Schreibtisch vor sich, überladen mit Aktenstößen und der mühsam freigehaltenen Schreibplatte, damit er die geforderten Berichte erstellen konnte. Er hörte sogar das Geklapper der hinfälligen Schreibmaschine, die nicht ersetzt wurde, weil er es ablehnte, auf einer elektrischen Maschine zu tippen. Vielleicht gab es auch zusätzlich Papiere, Verhöre der Autofahrer zum Beispiel. Dazu musste er in die Stadt zur zuständigen Untersuchungsbehörde fahren.

Während er so in Gedanken, als gäbe es schon einen Fall, die Waldwege lief, erreichte er den Steinbruch. Die gelbroten Wände leuchteten durch die Baumstämme, die näher an ihn herangerückt waren, als er es in Erinnerung hatte. Mit unregelmäßigen Rissen überzogen und einem Muster aus verschieden großen Steinblöcken steilte die Rückwand zu den Birken und Salweiden hinauf, die nun den oberen Rand bildeten. Buschwerk wuchs aus Fugen und die Ränder entlang. Das Steinebrechen war längst eingestellt worden. Buttmei stand im groben asphaltgrauen Kies auf der Sohle des Steinbruchs. Dunkles und kurzwüchsiges

Gras bildete ein Polster zwischen dem Kiesbelag, vor allem in den Fahrspuren der Traktoren wuchs es.

Er konnte zunächst nichts Auffälliges finden. Sein geschulter Blick stöberte alle Ecken aus, aber er blieb nirgendwo hängen. Das Bild, das er vor sich sah, entsprach außer den hochgewachsenen Büschen und Bäumen bis ins Detail seinen Erinnerungen – mit einer Ausnahme: In der linken Hälfte hatte sich das alte Mülloch zu einem schwarzen und gefräßigen Hügel geformt, der wie eine Riesenspinne im Wandschatten lag. Auch die kleinen Wasserlöcher, zu denen er als Kind gepilgert war, Molche zu fangen, um das Rot ihrer Bäuche und die glänzenden Kämme auf ihrem Rücken zu bewundern, bevor er sie aus seiner Hand in das Wasser zurückglitschen ließ, waren vom Müll aufgefressen worden.

Obenauf türmte sich Bauschutt – Steine, Mörtelbrocken, Ziegelteile. Er stieß ein paar von ihnen mit dem Fuß zur Seite, um zu sehen, was darunterlag. Als er erste Teile zerbrochener schwarzer und grauer Platten und zerfaserte Matten fand, nahm er kleine Bruchstücke und Fetzen auf und steckte sie in die Außentasche seiner Jacke zu seinem Schlüsselbund. Da schon die nächste Schicht feucht und moderig verklebt war, beendete er seine Suche. Theos leises Knurren löste in den auf vielen Tatortgängen trainierten Instinkt aus; er fühlte sich beobachtet, konnte jedoch keine Bewegung ausmachen und keine Geräusche hören außer das Rascheln des Windes im Blattwerk des Waldes.

Er kehrte in das Dorf zurück, den kleinen Bach entlang, der unterhalb des Steinbruchs bergabrieselte, und an dem Wasserreservoir vorüber, das den Bach und andere kleine Bäche, die sich unterirdisch auf den Steinplatten sammelten, zusammenfasste, um das Dorf mit Wasser zu versorgen. Wenn er das Ohr an die Wand legte, hörte er das leise Rauschen. Als Kind war er auf den grasbewachsenen Hügel zum Lüftungsrohr geklettert und hatte unter dem schwarze Hütchen, das das Eindringen von Schmutz verhindern sollte, klar und deutlich ein Plätschern hören können.

Auf dem Weg zwischen den glatten grauen Buchen- und den rissigen schwarzen Eichenstämmen spürte er, dass dieser Entschluss sein Gedankenkreisen um Annes Fall verdrängte. Die Pfeifen am abendlichen Stammtisch fielen ihm ein; jetzt könnte er sie brauchen, um Tiere anzulocken. Er versuchte Pfiffe nachzuahmen mit Grimassen verschiedenster Art, die Töne klangen sehr verschieden, aber nicht überzeugend. Der einzige, der reagierte, war Theo. Der war mit gesenktem Kopf neben ihm her getrottet, jetzt hob er den Kopf, die herunterhängenden Ohren konnte er zwar nicht spitzen, aber der ganze Körper straffte sich.

»Theo«, sagte er zu ihm, »wenn wir sowieso in die Stadt fahren müssen, werden wir uns solche Pfeifen kaufen und unseren Waldgang wiederholen. Aber du musst mir versprechen, nicht zu bellen.«

Theo sah ihn an, als verstünde er ihn Wort für Wort.

Zuerst informierte er den Wirt, dann telefonierte er von seinem Zimmer aus mit seinem ehemaligen Kriminalrevier. Er wurde handvermittelt, und er hatte das Gefühl, dass unten am Tresen mitgehört wurde. Da er sich als ehemaliger Kollege zu erkennen gab, bekam er einen Termin für den nächsten Tag. Warum er kam, umschrieb er nur. Aber sie würden im Dorf sowieso bald wissen, warum er nach Hinterhimmelsbach gekommen war.

Hinter den Fensterkreuzen ging die Sonne unter und streute die kitschigsten Töne über den Himmel, so empfand er es jedenfalls. Über die schwarze Hügelsilhouette schoben sich leuchtendes Rot, dann ein Streifen Gold, dann ein süßliches Hellblau. Obendrauf hockten Wolkenfäuste, blaugrau geballt. Die Baumreihe vor dem Spektakel stand mit ihrem noch dünnen Blattwerk wie frisch geschnittene Schattenrisse da. Erst als die hellen Farben erloschen waren, löste er den Blick vom Fenster. »Sentimentalitäten«, knurrte er gegen sich selbst.

In der Gaststube spürte er aufmerksamere Blicke. Sie sprachen über ihn, das merkte er an den Augen, die nicht auf ihn gerichtet sein sollten, weil er sie nicht bemerken sollte, aber sich ihm doch immer wieder wie zufällig zuwandten. Er trank ein Glas mehr als am Abend zuvor, blieb auch länger sitzen, zündete sich zwischen leerem und vollem Glas eine Pfeife an und rauchte sie in langsamen Zügen. Es machte ihm Vergnügen, wie sie über ihn redeten und rätselten. Bevor er in sein Zimmer ging, kamen die ersten Bauern – die mit weniger Vieh im Stall, so dass die Fütterzeit kürzer war. Und es kamen auch die Älteren aus dem Dorf, die wohl immer noch auf den Höfen saßen und sie mit ihren derbgeschafften Händen und krumm werdenden Rücken bewirtschafteten. Sie trugen noch die damals übliche Kleidung: braune oder gelbe Cordhosen, blaue oder graue Drillichjacken und Schirmkappen aus dem gleichen

Stoff wie die Jacken. Ihre Gesichter hatten die tiefgekerbten Furchen wie die ihrer Väter. In Hinterhimmelsbach war mit Landwirtschaft nicht viel Geld zu verdienen. Die meisten hatten nur kleine Felder mit kargen Böden. Früher gingen sie im Winter zum Straßenbau, um überleben zu können. Heute arbeiteten viele von ihnen in einer Fabrik für Sargbeschläge im übernächsten Dorf.

Das eine und andere Gesicht erkannte er. Der Adam, formulierte sein Gedächtnis, der Wilhelm, der Heinz. Und dann kam einer von ihnen zu ihm herüber, Adam – wahrscheinlich der dreiundzwanzigste oder vierundzwanzigste, denn man gab dem ältesten den Vornamen des Vaters und zählte. Er stellte sich vor ihn, sah ihm ins Gesicht: »Sie sind zum ersten Mal in unserem Dorf?«

Buttmei schüttelte den Kopf.

»Dann kenn' ich Sie?«

Buttmei nickte.

Adam prüfte sein Gesicht, streckte ihm die Hand hin: »Philipp, du bist's doch?«

»Ja, bin ich.«

»Was bringt dich in unser Dorf? Sehnsucht nach den alten Gesichtern?«

»Ihr wisst doch von meiner Freundschaft mit dem alten Weber. Seine Tochter, die Anne ...

Was soll ich drumherumreden: Sie hat mich hergeholt, damit sie sich aussprechen kann. Das tut ihr gut.«

»Ach so ... Und was hast du so getrieben seit damals?«

»Hat sich das nicht herumgesprochen?«

»Es hieß mal, du wärst Kommissar geworden, bei der Mordkommission, hieß es.«

»Das ist vorbei, ich bin schon zwei Jahre pensioniert.«

»Also nicht auf Ganovenjagd ...«

»Gibt es hier welche?«

»Ich wüsste nicht.«

»Umso besser.«

»Na denn viel Spaß bei uns.«

Der derbe Händedruck des Bauern hielt sich eine Weile in seiner Handfläche.

Als das Glas leer war, rief er laut »Eine gute Nacht beieinander!« in den Raum und ging. Er wollte schlafen, und sie sollten ohne ihn alles beschwätzen können, was ihnen nun, nachdem er identifiziert war, durch ihre Köpfe ging. Aber noch wussten sie zu wenig von ihm, und seine Ermittlungen hatten noch nicht einmal richtig begonnen. Die Erinnerung an ihn als jungen Burschen gab auch nicht viel her. Sie konnten also nur abwarten, was und ob etwas geschehen würde.

Am frühen Morgen ging er zuerst noch einmal zu der Ampel, löste sie mehrmals aus, hörte genau auf das Signal, versuchte es nachzupfeifen, um es sich einzuprägen, dann eilte er, Theo hinter sich her ziehend, zur Bushaltestelle. Um frühzeitig in der Polizeistation anzukommen, zwängte er sich in den Bus, mit dem die Arbeiter und Angestellten in die Stadt fuhren. Theo hatte er sich, so dick und schwer er auch war, unter den Arm geklemmt. Darum war er froh und bedankte sich artig, als man ihm, dem Alten, einen Platz freimachte.

Kurz nach Beginn der Bürozeit erreichte er sein Ziel. Man kannte seinen Namen und holte ihm ohne Umstände das Aktenbündel »Fritz Weber«. Zuerst überlas er das offizielle Protokoll, aber er fand keinen neuen Hinweis. Dann studierte er sorgfältig die einzelnen Berichte, die bei der Unfallaufnahme und bei der durch Annes Hartnäckigkeit erreichten Nachuntersuchung gemacht worden waren. Auch dort fand er wenig Neues. Die Fotos der Leiche interessierten ihn nicht. Die Obduktion hatte ergeben, dass keine plötzliche Ohnmacht oder ein Schlaganfall oder ähnliches vorlag, auch war Weber eindeutig losgelaufen, als die Fußgängerampel Rot gezeigt hatte. Das Wenige, das ihm auffiel, notierte er und nahm sich vor, es zu verfolgen.

Die Aussagen der in den Unfall Verwickelten oder unmittelbar vor oder dahinter Gefahrenen, die aus Neugierde oder Hilfsbereitschaft angehalten hatten, enthielten in zwei Fällen Hinweise, die seine Aufmerksamkeit weckten. Einer hatte eine zweite Person hinter Weber gesehen, die ihre linke Hand auf die Ampelschaltung hielt, als wollte sie sie einschalten. Er beschrieb sie als zierlich und mit langen hellen Haaren. Dem anderen war ein Mann auf der gegenüberliegenden Seite aufgefallen, der rasch in Richtung Dorf weglief. Beiden konnte der Unfall nicht entgangen sein. Ihr Verhalten schien also ungewöhnlich, es sei denn, sie wollten nicht als Zeugen befragt werden. Die Polizei konnte die Aussagen nicht überprüfen, weil außer den zwei Autofahrern niemand die beiden gesehen hatte und man auch im Dorf die Achseln zuckte. Außerdem fanden sich auf der Schaltfläche keine Fingerabdrücke.

Keine Fingerabdrücke? Weder die von Fritz Weber noch von anderen Personen und auch keine verwischten alten? Er musste die Füße bewegt haben, als er auf diese Bemerkungen stieß, denn Theo, der den Kopf auf seine

Schuhspitzen gelegt hatte, um vor sich hinzudösen, schreckte auf. Regen kann solche Spuren nicht völlig wegwaschen. Ob jemand sie abgewischt hatte? Und warum? Ob Unfall oder nicht – die Zeugen auf beiden Straßenseiten mussten aussagen können, was an der Ampel gewesen war. Es sei denn, die fehlenden Fingerabdrücke wären ein Indiz für irgendeinen außergewöhnlichen Vorgang. Aber für welchen Vorgang? Solange es solche Fragen gab, würde er den Fall jedenfalls nicht abschließen. Er notierte also die Adressen der beiden Autofahrer und ihre sehr vagen Beschreibungen der Personen an den Ampeln.

Über diese marginalen Notizen hinaus fand er nichts, was die Andeutung einer Spur hätte sein können. So gab er die Akten zurück, bedankte sich, wechselte noch ein paar Floskeln über den Dienst damals.

Als er schon in der Tür stand, klingelte das Telefon. Man winkte ihm, er sollte warten. Sein ehemaliger Chef hatte gehört, dass er im Haus sei und bat ihn um ein dringendes Gespräch.

Er betrat das Büro des Dienststellenleiters mit gespannter Neugier. Der Heinzerling, wie sie ihn nannten, war ein Pedant. Aber er hatte nie Konflikte gesucht, und er hatte zugelassen, dass Buttmei mit seinen unorthodoxen Methoden ermittelte … und seinen Anteil an den Erfolgen als verantwortlicher Vorgesetzter durchaus genossen. Sehr persönlich war ihr Miteinander nie gewesen.

Nach wenigen Sätzen der Begrüßung und Nachfrage, kam das Gespräch auf den Punkt.

»Wir haben Beschwerden aus dem Dorf Hinterhimmelsbach bekommen, dass Sie sich polizeiliche Befugnisse anmaßen und ihre Nase in Angelegenheiten stecken, die Sie nichts angehen.«

»Wer hat das gesagt?«

»Sie wissen, dass Sie das von mir nicht erfahren werden!«

Buttmei knurrte: »Und nun?«

»Ich erwarte Ihre Stellungnahme.«

Genüsslich lehnte sich Buttmei in seinen Stuhl zurück: »Darauf haben Sie keinen Anspruch. Und Vorschriften können Sie mir auch keine mehr machen.«

»Ich muss der Beschwerde nachgehen.«

»Das ist nicht mein Problem.«

»Sie könnten mir trotzdem sagen, was dort vorgeht.«

»Bisher so gut wie nichts. Anne Weber, eine gute Freundin, hat mich zu Hilfe gerufen, weil sie der Meinung ist, ihr Vater wäre umgebracht worden.«

»Mord also – das ist ausschließlich unser Ressort!«

»Ich weiß nicht, ob es Mord war. Es gibt ein paar Motive und auch Drohungen, aber ansonsten gibt es nichts Verwertbares. Sie wissen doch selbst um den Unterschied zwischen Drohungen und Taten.«

»Sie sollten sich trotzdem heraushalten.«

»Wenn es ein wirklicher Fall wird, werde ich Sie informieren.«

»Sie wissen, dass Sie keine Befugnis haben zu ermitteln?!«

»Oh doch!«

»Was soll diese Bemerkung?«

»Ich habe eine eingetragene Detektei gegründet.«

»Wann?«

»Nach meiner Pensionierung. Hartmann, der mit mir aufhörte – Sie erinnern sich an ihn? –, hat mich dazu überredet und alle Formalitäten erledigt. Er konnte sich nicht vorstellen, keine Fälle mehr untersuchen zu dürfen. Ich habe ja gesagt. Auch, damit er Ruhe gab. Dann ist er rasch gestorben. Aber das wissen Sie. Ich habe das Papier weggelegt. Der Dauerauftrag für die Mitgliedschaft läuft aber noch, weil ich mich nicht darum gekümmert habe.«

»Nun kommt es Ihnen gerade recht.«

»Es ist mir wieder eingefallen, weil Sie mich daran erinnert haben.«

»Ich darf Sie trotzdem bitten, nichts ohne uns zu unternehmen!«

»Versprochen.«

»Sie haben doch früher über die privaten Schnüffler, wie Sie sie nannten, die Nase gerümpft ...«

»Tue ich immer noch.«

Sie schwiegen sich an. Dann erhob sich Buttmei und verabschiedete sich mit dem Satz: »Wenn ein Mord daraus wird, werden Sie von mir hören.«

Er ließ den einstigen Vorgesetzten kopfschüttelnd in seinem Büro zurück und fuhr mit dem Fahrstuhl in die Kellerräume in das Labor. Normalerweise hätte er sich über das Gespräch geärgert, jetzt rieb er sich die Hände: »Ich störe sie, und da sie Dreck am Stecken haben, kommen sie frühzeitig aus der Deckung.«

Auch im Labor kannte er die älteren Kriminologen und drückte einem von ihnen die Proben, die er aus der Müllkippe im Steinbruch mitgenommen hatte, in die Hand und bat ihn zu untersuchen, ob es besondere Auffälligkeiten gab. Der Kollege sah ihn zwar erstaunt an; es war, als rümpfte er innerlich die Nase. Aber man wusste ja noch, dass er ein Kauz war mit besonderen Einfällen, also nahm er die Proben an und versprach, den Wunsch nach einer Untersuchung zu erfüllen. Buttmei bedankte sich zur Verwunderung der Anwesenden herzlich und pilgerte in die Stadt. Theo trottete hinterher.

Das Pfeifengeschäft fiel ihm ein. Er suchte und fand es. Es war kein Pfeifengeschäft, sondern eines für Jäger und ihren Bedarf. Für ihn war es das Geschäft, in dem er die Pfeifen kriegen konnte. So hatte er auch keinen Blick für die grünen Jacken und Mützen, für Gewehre und Waldhörner und Jagdtrophäen. Er blieb erst stehen, als er in einer Vitrine die Pfeifen entdeckte. Ein geduldiger Verkäufer holte sie ihm einzeln heraus, zeigte ihm die Handhabung und pfiff sie ihm sogar vor. Seine Frage, ob man damit alle gängigen Tierlaute nachahmen könne, wurde geduldig bejaht mit dem Hinweis, dass die Lautstärke natürlich begrenzt wäre, aber man könnte durch verschiedene Füllungen mit Wasser oder durch Zuhalten und Öffnen oder gar durch Verändern der vorhandenen Löcher eine Vielfalt von Tönen hervorbringen. Die aus Ton klangen weich, die Plastikpfeifen erzeugten einen scharfen Klang, die hölzernen lagen zwischen dieser Schärfe und Weichheit.

Er ließ sich von jeder Pfeifensorte welche einpacken, auch diejenigen, bei denen Theo leise anfing zu heulen. »Theo«, beruhigte er ihn, »wir werden in Wald und Feld unser Vergnügen haben!« Sie fuhren mit dem Nachmittagsbus zurück, noch vor der Berufsverkehrszeit, so dass sie ausreichend Platz fanden.

Unterwegs dachte er darüber nach, wann und auf welche Weise er Fritz Weber kennengelernt hatte. Als er in einem Fall über Teufelskulte und den Tod eines Jüngers bei deren Zeremonien ermittelte, der sich als durch die Abläufe mutwillig hervorgerufen herausstellte, merkte er, wie wenig Ahnung er von solchen Auswüchsen menschlicher Phantasie hatte. Darum besuchte er einen Vortrag eines Fritz Weber über Hexen- und Satansbräuche im mittelalterlichen Dorfleben. Anschließend kam er ins Gespräch mit dem Vortragenden, der lud ihn in die nächste Kneipe ein und beantwortete geduldig seine Fragen. Sie mochten sich. Einzelgänger und Einzelgänger, das passte zusammen. Auch der Rotweintrinker zum Rotweintrinker. Fritz Weber forderte ihn auf, nach Hinterhimmelsbach zu kommen und sich noch mehr Informationen aus der im Haus Weber vorhandenen Bibliothek zu holen. Dem war er nachgekommen. Daraus hatte sich eine

Freundschaft mit wenigen Treffen entwickelt. Buttmei zog es der Erinnerungen wegen nicht nach Hinterhimmelsbach. Fritz Weber traf sich dagegen gern mit ihm, wenn er in der Stadt zu tun hatte. Fast blind geworden, besuchte er ihn nicht mehr, zudem die Tochter bald danach geschieden wurde und zum Vater zog. Von seinem vermeintlichen Unfalltod erfuhr er erst durch Annes Anrufe.

Wieder im Gasthaus, sagte er Anne am Telefon, er wäre einige Schritte weitergekommen, aber es wäre noch zu früh darüber zu reden, auch wollte er am Telefon nicht viel preisgeben.

Beim üblichen Abendtrollinger fragte ihn der Wirt nach dem Erfolg seiner Reise. Er erwiderte, es wäre nur ein längst fälliger Kollegenbesuch gewesen. Das schien den Wirt zufriedenzustellen.

In der Nacht träumte er von seinem Freund Weber, sah ihn vor sich, die Gamaschenhose und die weit hochgezogenen Strickstrümpfe, die festen Stiefel, das Lodenjackett, das von Barthaaren fast zugewachsene Gesicht. Daraus hervor lugten die spöttischen blaugrauen Augen ... Damals konnte Weber tagsüber noch gut sehen und brauchte erst mit einsetzender Dunkelheit Hilfe, um sich in ungewohnter Umgebung zurechtzufinden. Das Kopfhaar war frühzeitig weiß ausgedünnt zu einer beginnenden Tonsur. Ein Waldschrat in der modernen Stadtlandschaft! Wenn Buttmei mit ihm durch die Straßen ging, drehten sich vor allem junge Leute nach ihm um und musterten ihn, als wäre er einem alten Heimatfilm entsprungen. Bergsteiger wurden in Filmen so zurechtgemacht. Weber hatte jedoch nie Berge bestiegen. Es war immer spannend, ihm zuzuhören, seinen Philosophien, seinen skeptischen Einschätzungen der Menschheit und ihrer Geschichte im allgemeinen und von den Dörflern im besonderen. Erheiternd und nachdenklich zugleich machend sein Wissen um örtliche Geschichte mit all ihren Anekdoten und Wahrheiten, die Herkunft von Bräuchen und Sitten und Unsitten, dazu die Dialektkenntnis. Manchmal kam für Buttmeis Geschmack zu viel Kritik in die Nebensätze, so dass es dem Zuhörer die Lebenslust verschlagen konnte, dann schwieg er dagegen, bis auch Weber schwieg.

Neben dem Alten wirkte Anne wie eine Erscheinung aus einer besseren Welt, sie blieb auf Dauer jung, vor allem, wenn sie lachte und mit ihrer hellen Stimme alles Skepsisgewölke wegfegte. Die Augen hatte sie vom Vater, nur wirkten sie größer und offener. Ihre Mutter hatte er nie erlebt und auch nie danach gefragt. Auch ihr geschiedener Mann hatte ihn nicht sonderlich interessiert. Sie sprachen lieber über Musik, die er wie sie liebte und sammelte. Sie lächelte zwar über seine Vorlieben bei bestimmten Anlässen: Bach zum Beispiel, wenn er der Lösung eines Falles nahe war und einen kühlen Kopf brauchte, oder Beethoven, wenn er das Gefühl hatte, nicht weiterzuwissen und von der Unklarheit eines Falles überwältigt oder gar verwirrt zu werden. An diesem Abend bat er sie um das Violinkonzert von Beethoven. Sie legte es auf. Manchmal fragte sie ihn aus nach seinen Fällen und wollte spannende Geschichten von ihm hören. Wenn er gutgelaunt war, tat er ihr den Gefallen. Nun wirkte sie vergrämt und gefangen in Rachegefühlen. Das kam ihm jedoch erst in den Sinn, als er aufwachte.

Sein Morgenweg führte ihn mit Theo an der Leine wieder auf den Waldweg. Er ging zügig, sah sich kaum um. Mitten im Wald zog er die Pfeifen aus den Taschen und begann sie auszuprobieren. Ein Fläschchen Wasser hatte er mitgenommen. Und so pfiff er und lauschte den Tönen hinterher. Die Töne, die er pfiff, waren nicht geeignet, Tiere anzulocken, eher dazu, sie in die Flucht zu jagen. Heultöne, leise und anschwellend. Schrille Töne. Er goss

Wasser dazu, schüttete es ab, jonglierte mit den Fingern über die Pfeifenlöcher und packte schließlich die Pfeifen wieder in die Tasche, ohne recht zu wissen, ob er mit dem Konzert zufrieden war. Es schien eher, als habe ihn das Getöne ins Grübeln gebracht, und Theo schien dem Heulen nahe; wenn die Töne wie Signale klangen, heulte er in das Gepfeife hinein. Das klang nicht nach brünftigen Tieren, eher nach atonaler Musik. Der Rückweg löste die Verkrampfungen vergeblicher und im Klang schwer zu ertragender Versuche. Man sah es ihren weitausgreifenden Schritten an.

Neben dem kleinen Postamt befand sich die einzige Telefonzelle des Dorfes. Von dort aus rief er die beiden Autofahrer an, deren Namen er den Akten entnommen hatte, und verabredete sich mit ihnen.

Er musste in ein Nachbardorf fahren, das er ebenfalls von früher kannte, weil er aus Hinterhimmelsbach dorthin laufen musste, wenn er das Kino besuchen wollte.

Aus diesem Dorf – das erkannte er bereits bei der Einfahrt – war ein Städtchen geworden mit Supermarkt und Tankstelle. Selbst der alte Ortskern schien neugestaltet zu sein. Das Fachwerk hatten die Eigentümer weiß überputzt oder mit Platten verdeckt, in die Fassaden hatten sie Schaufenster für Geschäfte gebrochen. Die Eingangstüren hatten sie vergrößert und die Steintreppen vor den Häusern entfernt.

Er hielt sich nicht lange mit Reminiszenzen und Vergleichen auf und erfragte die Straßennamen, die in den Neubauvierteln liegen mussten, denn so hoch angesetzte Namen wie Adenauerweg oder Sudetenstraße hatte es im alten Dorf nicht gegeben. Da hießen die Straßen Dorfstraße oder Hauptstraße, Bahnstraße, Hinterhimmelsbacher Straße.

Er fand den Weg und wurde erwartet. Bei einer Tasse Kaffee kamen sie rasch zur Sache, denn auch sein Gegenüber war ein Mann, der nicht gern drumherumredete, auch hatte er als Versicherungsagent noch Kundenbesuche zu machen.

Er erklärte Buttmei, dass er haarscharf um die vor ihm fahrenden Autos, die in den Unfall unmittelbar verwickelt gewesen waren und sich nach ihren vergeblichen Bremsversuchen ineinander verkeilt hatten, herumlenken und seinen Wagen auf dem Randstreifen hinter der Ampel zum Stehen bringen konnte. Er habe sofort den Wagen verlassen, um zu sehen, was passiert war und ob er helfen könne. Dabei sei ihm aufgefallen, dass eine Person an der Ampel stand und die linke Hand an die Schaltfläche hielt, als wolle sie noch nachträglich die Fußgängerampel für den bereits Überfahrenen auf Grün schalten, sie habe es jedoch nicht getan. Beschreiben könne er sie nur vage: eine junge Person, wahrscheinlich eine Frau, sie habe lange blonde Haare gehabt, schwarze Hosen und eine dunkelblaue auf Taille geschnittene Jacke. Er meine auch, sie habe ein Band im Haar gehabt. Und eines sei ihm besonders aufgefallen: Sie habe trotz des milden Wetters Handschuhe getragen, grobe Strickhandschuhe. Mehr könne er nicht sagen, da er sich rasch dem Unfallort und dem Unfallopfer zugewandt habe.

Das wiederum interessierte Buttmei zur Verwunderung des Mannes nicht. Er notierte nur, was er ihm über die Person an der Ampel berichtet hatte, bedankte sich herzlich, fragte noch, wie er am schnellsten zur Sudetenstraße kommen könne, und ging. Als er merkte, dass er auf seiner kaltgewordenen Pfeife herumkaute, wusste er, dass er eine Spur gefunden hatte, wenn es denn überhaupt einen Fall gab, der Spuren brauchte. Er verspürte so etwas wie Jagdfieber und dachte unwillkürlich an Jagdsignale. »Halali«, das laut ausgesprochene Wort elektrisierte sogar Theo.

Das zweite Haus unterschied sich kaum vom ersten, selbst der Steingarten war ähnlich angelegt. Der Mann, der ihn ebenfalls bereits erwartete, war pensioniert wie er, trug eine Hausjoppe und Pantoffeln, seine Frau, mit blauer Kittelschürze herumgehend, bot ihm ebenfalls Kaffee an. Er wollte nicht unhöflich sein und nahm den Kaffee, bat nur um Milch dazu, obwohl er Kaffee, wenn er gut war, am liebsten schwarz und heiß trank, aber er wollte sich mit zu vielem Kaffee nicht den Magen überreizen, denn dazu neigte er. Auch war er seine eigene Sorte gewohnt. Fremder Kaffee schmeckte ihm nicht allzu sehr.

Der Mann legte bereits beim Kaffeetrinken los. Es sei eine seiner letzten Dienstfahrten gewesen, kurz vor der Pensionierung, und dann so etwas! Nie habe er in den vielen Jahren einen Unfall erlebt, in den er so nahe eingebunden war. Fritz Weber hatte er natürlich gekannt, so wie man sich in der Gegend eben so kannte. Er erzählte von seiner Arbeit, vom alten Weber, vom Verkehr und der Umgehungsstraße, bis Buttmei ihn mit freundlicher Hartnäckigkeit zu den Unfallbeobachtungen zurückbrachte. Ja, er habe einen Mann davonlaufen sehen, zum Dorf hin; den Bewegungen nach müsse es ein jüngerer Mann gewesen sein. Aufgefallen sei ihm nichts besonderes: dunkle Kleidung, die kräftige Figur, breitschultrig, die Schnelligkeit, mit der sich der Mann bewegt habe. Schließlich habe er ihn nur von hinten gesehen – und auch nur, weil er seinen Wagen am rechten Straßenrand zum Stehen habe bringen können. Passiert sei seinem Auto nichts. Ja, doch, ein paar kleine Kratzer von den Büschen neben dem Überweg, aber die habe er leicht wegpolieren können. Das Krachen der ineinanderfahrenden Autos – drei waren es – sei entsetzlich gewesen. Der entstellte Tote, der wie ein verrenkte Puppe dagelegen hatte, habe ihn bis in seine Träume verfolgt.

Buttmei beendete das Gespräch behutsam, lehnte die zweite Tasse Kaffee ab, fragte noch einmal, ob ihm irgend etwas an der weglaufenden Person aufgefallen war.

Der Mann überlegte, ließ offensichtlich das Bild noch einmal vor seinen Augen ablaufen. Er könne nur noch sagen, dass der Mann von der Straße herunter und am Dorfeingang rechtsherum in die Felder gelaufen sei.

Buttmei bedankte sich, antwortete noch auf die Frage, ob der Fall neu aufgerollt werde und er als Zeuge gebraucht würde – das wisse man noch nicht – und ging zur Busstation zurück. Dort wartete er auf der Haltestellenbank, und während er wartete, machte er sich die Notizen zu dem zweiten Gespräch, das er beendet hatte, um nicht die komplette Lebensgeschichte des Mannes anhören zu müssen, der sich offensichtlich in seinem Ruhestand langweilte und sich auf solche Abwechslungen wie Buttmeis Besuch stürzte.

Er musste also eine junge Frau aufspüren, auf die die erste Beschreibung passte, und einen jungen Mann, der möglicherweise mit ihr in Verbindung stand und wohl im, von der Ampel aus gesehen, rechten Dorfteil wohnte. Das musste möglich sein. Er hatte in seiner Dienstzeit schon weit schwierigere und spärlichere Indizien für das Auffinden von Personen gehabt und sie doch gefunden. Warum, fragte er sich, haben sie ihren Anschlag, wenn es denn einer war, nicht erst bei völliger Dunkelheit ausgeführt? Dann hätte sie niemand sehen können, die Autofahrer schon gar nicht. Ihr Opfer war blind. Hatten sie nur bedacht, dass Fritz Weber sie nicht sehen konnte? Oder ging Weber in der früh eintretenden Dunkelheit der Wintermonate abends nur selten ins Dorf? Er musste Anne fragen.

Buttmei stellte fest, dass es mehr Fragen als Antworten gab, und dass noch vieles fehlte, um aus der Sache einen Mordfall zu machen. Auf seinen Merkzetteln standen der Tote, der bei Fußgängerrot überfahren worden war; zwei junge Leute, die nach dem Unfall wegliefen; Fotos und Drohbriefe. Verdächtig waren sicherlich die fehlenden Abdrücke auf den Ampelschaltknöpfen, denn es hatte an dem Abend nicht geregnet. Es gab also keinen Grund, warum keine Fingerabdrücke gefunden worden waren, auch die von Fritz Weber nicht. Weber musste jedoch nach allen Überlegungen, die Buttmei anstellte, vor der Überquerung der Straße die Ampel betätigt haben, weil es eine Bedarfsampel war. So wie er vor die Autos lief, war er auch nicht gestoßen worden. Noch war das, was sich an der Ampel ereignet hatte, ein Rätsel, das nur den Schluss zuließ, dass es etwas zu erraten gab.

Theo, was war eigentlich mit Theo? Er hatte ihn völlig vergessen, aber wohl immer an der Leine mit sich gezogen. Er erinnerte sich jetzt, dass bei seinem zweiten Besuch die Frau in der blauen Schürze Theo Wasser gebracht und mit ihm geredet hatte. Offensichtlich hatte sie selbst einmal einen Hund besessen und benannte Theo mit dessen Namen. »Entschuldigung«, sagte er zu Theo und streichelte die langen Ohren, »ich verspreche dir, es wird wieder aufregender für dich werden.«

Der Bus kam und brachte sie zurück nach Hinterhimmelsbach. Während sie durch die Felder fuhren, in deren dunkelbrauner Erde die ersten Pflanzen keimten, fiel ihm die Feldarbeit ein, die er hatte leisten müssen, wenn er von den Bauern etwas zu essen bekommen wollte. Am unangenehmsten war das Vereinzeln der Futterrüben. Das ununterbrochene Bücken ging auch jungen Menschen wie ihm aufs Kreuz; da half es nicht, irgendwann auf den Knien vorwärtszukriechen. Wenn die Furche zu Ende war und er sich aufrichtete, kam er sich vor wie ein alter Mann und hatte das Gefühl, den Rücken nie mehr geradebiegen zu können. Das Kartoffelausmachen war ein Vergnügen dagegen; die Kartoffelkrautfeuer, in deren Asche er die Knollen garen konnte, erhöhten noch die Bereitschaft mitzutun. Auch das Ährenlesen kam ihm wieder in den Sinn. Die Mutter schickte ihn los, wenn ein Kornfeld frisch geerntet war. Er durfte, er *musste* liegengebliebene Ähren aufsammeln. Wenn ein Beutel voll war, trug die Mutter ihn zum Bäcker und bekam Mehl oder Brot dafür. Ein Stück Brot mehr galt ihm in der Zeit als köstliche Speise. Sie wurde langsam und lange gekaut, besonders die Rinde, um den Genuss auszudehnen.

Anne mochte er nicht von den beiden Autofahrern berichten. Er fürchtete, das könnte zu einer vorschnellen Einmischung ihrerseits führen, und solche vorschnellen Einmischungen gefährdeten jede Untersuchung. Aber anrufen musste er sie, das erwartete sie, auch hatte er ein Anliegen. Er brauchte einen Kassettenrekorder, und er wusste, dass es im Weberschen Haus welche gab, weil der Blinde sie benutzte, um seine Untersuchungen aufzusprechen. Theos Heulen hatte ihn auf eine Idee gebracht, die ihn nicht mehr losließ, über die er aber wegen ihrer Fragwürdigkeit nicht reden wollte. Am kommenden Tag würde er einen Archivtag einlegen, um die Namen möglicher Betroffener herauszubekommen. Denn, wenn es Mord war, woran er immer noch zweifelte, dann musste der Weg zu dem oder den Tätern über die Personen führen, die Fritz Weber bedroht haben soll.

Anne wirkte sehr erregt. Sie war im Dorf gewesen, und weil es laute Bemerkungen gab über ihre Verdächtigungen und sie aufgefordert worden war, damit aufzuhören, hatte sie – und das beunruhigte Buttmei – zurückgedroht mit der Veröffentlichung der von ihrem Vater gesammelten Beweise. Er beschloss, Theo bei ihr zu lassen, denn auf dessen Wachsamkeit konnte er sich verlassen. Er würde bellen, wenn sich Geräusche in das Haus einschlichen. Anne freute sich und begann sofort mit Theo zu reden, bis der mit dem Schwanz und schließlich mit dem ganzen Körper wedelte.

Buttmei ging mit dem Gerät in der Hand ins Dorf zurück. An der Ampel hielt er inne, stellte sich unmittelbar an den Mast, wartete, bis der Verkehr nachließ, schaltete die Fußgängerampel mit dem Blindensignal wiederholt ein, hielt den Rekorder hoch in die Nähe des Ursprungs des Tons, der den Weg für die Fußgänger freigab, und nahm ihn mehrmals auf. Dann spulte er zurück und hörte die Aufnahme ab. Sie war gut genug, um die Charakteristik des Tons erkennen zu können. Daraufhin schaltete er die Ampel noch einmal, überprüfte, ob es eine Zeitdifferenz zwischen Ton und Lichtsignal gab, konnte jedoch keinen Unterschied messen.

Im Gasthaus nahm er ein einfaches Mahl ein: Hausmacherwurst, Leberwurst, Blutwurst und Brot und einen Trollinger dazu. Der Geschmack erinnerte ihn an Glücksmomente in der Evakuierungszeit. Wenn geschlachtet wurde und er kleine Zubringerdienste geleistet hatte, durfte er sich mit an den Tisch setzen und die neue Wurst probieren. Vorher gab es Wurstsuppe; sie nannten sie Metzelsuppe – die deftige fettige Brühe, in der die Wurst gekocht worden war. Ein Festmahl für den an Hunger Gewöhnten.

Er bestellte eine Flasche Wein, ließ sich dazu ein Glas geben, ging in sein Zimmer, legte den Rekorder auf den Tisch vor dem

Fenster, legte die Pfeifen drumherum und schaltete ein. Nachdem er den Ton mehrmals studiert hatte, versuchte er, ihn auf den Pfeifen nachzuahmen. Es war ein langwieriges Probieren. Wenn einer an der Tür gelauscht hätte, was nicht ausgeschlossen schien, hätte er ein wildes Konzert vernommen und ihn für verrückt gehalten. Es pfiff und tönte und tönte und pfiff. Pausen gab es nur, wenn er Wasser einfüllte oder Wein eingoss oder einen Schluck trank, um die vom Pfeifen trockene Kehle anzufeuchten. Sobald ihm ein Ton auffiel, weil er an den Ampelton erinnerte, notierte er die Pfeife, den Grad der Wasserfüllung, die Stärke des Blasens. Dazu entwickelte er, vom Trollinger zusätzlich beflügelt, eigene Zeichen und Maße wie ›fingernagelhoch‹ oder ›daumennagelhoch‹ und Blasstärken von eins bis fünf. Er hörte erst auf, als es an die Tür klopfte und der Wirt ihn darauf aufmerksam machte, es wäre nach Mitternacht und man wollte im Haus zur Ruhe gehen.

Es war kein Wunder, dass allerlei pfeifende Ungetüme in seinem Traum herumfuhren: phantasievolle, für Horrorfilme geeignete und natürliche wie Lokomotiven und hupende Trucks. So erschrak er nicht, als mitten in der Nacht das Zimmertelefon klingelte.

Anne war am Apparat. Ihre Stimme überschlug sich, Theo bellte im Hintergrund. Irgendwer war gewaltsam ins Haus eingedrungen und hatte versucht, im Weberschen Archiv Feuer zu legen. Theos Bellen hatte Anne geweckt. Es war ihr gelungen, das Feuer zu löschen, bevor es größeren Schaden anrichten konnte. Die Hintertür des Hauses war aufgebrochen, das Schloss zerstört, die Tür zum Archiv aufgehebelt und die Möbel angesengt vom Feuer.

Theo hätte eigentlich früher bellen müssen, aber wahrscheinlich hatte Anne ihn so sehr gefüttert, dass er träge und fest geschlafen hatte. Immerhin, er war aufgewacht, hatte laut gekläfft, Anne geweckt und Schlimmeres verhindert. Das war der eine Gedanke Buttmeis. Der andere: Sie kommen aus der Deckung – also müssen sie Angst haben, es könne etwas entdeckt werden, was Folgen für sie haben könnte. Er riet Anne, die Hintertüre zu verbarrikadieren und die Türe ihres Schlafzimmers offenzulassen, damit Theo, der nun wieder seine Sinne geschärft hatte und dem kein Geräusch mehr entgehen würde, sie bewachen konnte. Er glaubte nicht, dass es in derselben Nacht einen zweiten Versuch geben würde. Deshalb sagte er ihr, er käme früh am Morgen, drehte sich auf die andere Seite und schlief wieder ein.

Nach dem Frühstück lief er zu ihr hinüber. Theo begrüßte ihn bellend, als wollte er ihm berichten. Buttmei lobte ihn, was Theo sichtlich von ihm erwartet hatte.

Zuerst besichtigte er die Brandstelle. Benzingetränkte Lappen waren offensichtlich in den Archivraum geworfen worden und hatten die Eingangstür, einen Stuhl und die Beine des Schreibtischs in Brand gesetzt. Zu dem Zeitpunkt musste Theo jedoch schon angeschlagen haben, denn die Lappen waren hastig geworfen und der Erfolg des Feuers nicht überprüft worden. Annes beherzte Löschversuche hatten den Schreibtisch retten können, nur die vorderen Beine waren angekokelt. Den brennenden Stuhl hatte sie durch das Fenster in den Garten geworfen und brennen lassen. Sein Gerippe lag noch da.

»Gut, dass das Feuer noch in den Anfängen war«, sagte er zu ihr, »sonst hätte das geöffnete Fenster mit seinem Luftzug die Flammen hochschlagen lassen.«

Die Zimmertür war ebenfalls geschwärzt, und er nahm an, sie müsste ersetzt werden. Die Papiere lagen unbeschädigt in den Sortierfächern, und auch zur Schreibtischplatte war das Feuer nicht vorgedrungen. Was ihm nicht gefiel, war die aufgebrochene Außentüre. Das

Schloss war irreparabel zerstört, die Halterung im Türrahmen mir roher Gewalt herausgebrochen worden. Stemmeisen, dachte er und veranlasste sofort einen Anruf Annes beim Schlossermeister des Nachbardorfes. Der versprach, noch am Nachmittag zu kommen und die Tür zunächst provisorisch zu verschließen, aber auf jeden Fall so, dass sie niemand öffnen könnte, bis sie endgültig repariert wäre.

Dann fragte Buttmei Anne, ob sie eine Sofortbildkamera im Haus habe.

»In Vaters Archiv ist so ein altes Ding, es funktioniert noch.«

Er fotografierte alle Brandstellen, notierte Lage und Datum auf der Rückseite der Fotos und steckte sie ein. »Du wirst die Polizei holen!«

»Du hast doch alles aufgenommen ...«

»Wir brauchen eine amtliche Untersuchung.«

»Ich freue mich nicht darauf. Das bringt viel Unruhe, und ich bin froh, solche Unruhe hinter mir zu haben.«

»Es muss sein!«

»Dann werde ich es tun.«

»Mir wäre es recht, wenn die Polizisten mit viel Aufsehen und Theater ankämen und sich um das Haus herumbewegten. Je mehr man davon im Dorf mitkriegen kann, umso besser.«

Anne seufzte: »Ich werde mir Mühe geben, sie lange und auffällig zu beschäftigen.«

»Gut so. Und nun wünsche ich mir eine Tasse Kaffee.«

Als sie mit Tassen und Kanne zurückkam, forderte er sie auf, sich zu ihm zu setzen, schaltete den Rekorder ein und spielte ihr die Töne vor, dann zog er eine Pfeife aus der Tasche und pfiff dazu.

»Das ist ... das ist der gleiche Ton«, sie brachte es nur zögernd heraus, »das ist der gleiche Ton.«

»Ja!«

»Heißt das, du weißt nun, wie sie Vater umgebracht haben?«

»Nein, noch nicht so ganz«, erwiderte er, »manches fehlt mir noch. Zum Beispiel bewirkt die ganze Pfeife nichts, wenn die Ampel funktioniert, und die Fachleute haben festgestellt, dass sie intakt war. Dein Vater muss die Schaltung bedient haben, und wenn das Signal danach zu rasch ertönt wäre, wäre ihm das aufgefallen. Wir haben zwar Spuren und Verdächtige und erste Hinweise, wie sie es gemacht haben könnten, aber einen Täter haben wir noch nicht. Aber immerhin haben wir Möglichkeiten entdeckt, die Hypothesen zulassen. Ich werde mich noch einmal intensiv mit der Ampelschaltung befassen, denn ein zu untersuchender Fall ist es nun geworden.«

Dann berichtete er ihr von seinem abendlichen Pfeifkonzert. Falls es einen Täter gab, musste er wissen, was das Konzert bedeutete und sich in ziemlicher Unruhe befinden. Die meisten Ersttäter machen daraufhin Fehler, die es ermöglichten, sie zu fassen. Er sah an Annes Gesicht, dass sie die Möglichkeiten durchdachte.

Während er den Kaffee austrank, kam sie zu einem Ergebnis: »Wenn einer pfiff, bevor die Ampel schaltete, wäre Vater losgelaufen.«

Das war logisch gedacht. Aber Buttmei hatte den gleichen Gedanken gehabt und bereits überprüft. Die Fußgängerampel schaltete zwar nicht sofort, aber die Autofahrer bekamen doch so schnell Gelb, dass Weber schon nach dem Schalten hätte losrennen müssen, um die drei oder vier Meter zur Fahrspur auf der anderen Straßenseite zurückzulegen und so vor die Autos zu geraten, wie es geschehen war. Es war also unwahrscheinlich. Das sagte er ihr und ließ sich versprechen, dass sie keine Eigenversuche an der Ampel vornahm.

Draußen klapperte die Briefpost in den Kasten. Theo bellte. Anne nahm ihr Schlüsselbund und ging die Post holen. Im Hereinkommen blätterte sie die Briefe durch. Reklame, versprochene

Geldgewinne bei irgendwelchen dubiosen Versandfirmen, eine Rechnung. Dann erschrak sie, reichte ihm stumm den Zettel, den sie gefunden hatte. Ein Drohbrief. Ohne Absender natürlich. Wohl am frühen Morgen eingeworfen. Einmal hatte Theo kurz angeschlagen, sich aber rasch beruhigt, erinnerte sich Anne. Wie in schlechten Fernsehkrimis aus Zeitungswörtern und -buchstaben zusammengeklebt wurde ihr Schweigegeld angeboten: 5000 Euro für die Herausgabe der belastenden Archivunterlagen. Und wenn sie darauf nicht eingehe, »passiert was«.

Zur Überraschung von Anne kommentierte er vergnügt: »Das ist gut. So kommen wir voran. Noch heute werde ich ein zweites Mal im Archiv ermitteln, wer sich bedroht fühlen könnte. Außerdem werden wir zu deinem Schutz die Polizei informieren, zuerst telefonisch und dann durch ein Fax mit dem Drohbrief als Anlage. Das wirst du im Postamt aufgeben, so dass es die Beamtin mitbekommt und durch sie möglichst viele Leute aus dem Dorf. Es können gar nicht genug Polizisten hier herumschwirren und auch nicht genug Gerüchte!«

Er vermutete, dass es sich bei dem Brandanschlag und dem Verfasser des Briefes um zwei Personen handelte, denn der erste konnte nicht wissen, welchen Erfolg er mit dem Feuerlegen gehabt hatte, und der Brief passte wiederum nicht zu dem Anschlag.

Zufrieden zündete er sich eine Pfeife an und rauchte sie vor sich hin. Anne entwarf das Fax. Die Nummer würde sie sich auf dem Postamt heraussuchen lassen. Dann sagte er Anne, sie solle nachts alle Fenster und Türen gut sichern, Theo lasse er bei ihr im Haus. Und auch er werde wahrscheinlich auch bald zu ihr ins Haus ziehen. Er müsse nur noch für die eine oder andere Beunruhigung im Dorf sorgen. Und nun werde er mit Theo einen Spaziergang unternehmen, zuerst um das Haus herum und dann ein Stück in die Felder, das werde nicht nur Theo gut tun. Wahrscheinlich werde er noch einmal zur Ampel gehen, er müsse noch eine Untersuchung anstellen, ohne deren Ergebnis das ganze Pfeifkonzert und sein unbestreitbarer Erfolg nicht ausreiche, um nachzuweisen, dass es ein Mord war, ein scheinbar perfekter Mord.

»Experimente und Vermutungen, ja, auch Wahrscheinlichkeiten bringen zwar eine gewisse Befriedigung, aber zur Überführung von Tätern reichen sie nicht aus. Und die Täter wollen wir haben«, dozierte er.

Sie nickte nur, und Theo und er machten sich auf den Weg. Theos Freude bewies ihm, dass es Anne noch nicht ganz gelungen war, den misstrauischen Mischling aus seinem Herr-und-Hund-Verhältnis zu lösen.

Der Weg um das Haus zeigte ihm einen verwinkelten Bau aus den zwanziger Jahren, so wie ihn Sonderlinge, die aufs Land und zur Natur strebten, gebaut hatten. Ohne Anschluss an Strom und Wasserleitung und mit Klärgrube und nahe zum Wald. Die Außenfassade aus Holzbrettern, dunkel gestrichen, um Verwitterung und Insektenfraß zu verhindern. Das Dach mit grauen Schieferplatten gedeckt. Aus dem Braun und Grau herausfallend die grün gestrichenen Fenster und Türen. Das Haus sollte sich der Natur anpassen und sie nicht stören. Ein Vorbau zum Eingang sollte Kälte und Nässe fernhalten. Geheizt wurde ursprünglich in offenen Kaminen mit im nahen Wald geschlagenen Holzscheiten. Die Kamine waren trotz der Elektrifizierung noch vorhanden und konnten auch noch genutzt werden. Anne und ihr Vater liebten das offene Feuer, seine verschiedenen roten Töne, je nach Hitzegrad, das Flackern, das Prasseln, den Geruch des brennenden Holzes. Buttmei nahm sich vor, Anne um einen solchen Kaminabend zu bitten.

Annes Großvater hatte offensichtlich zur Wandervogelbewegung gehört, und erst sein

Sohn hatte die Anschlüsse an die inzwischen auch im Dorf eingezogene moderne Welt der Elektrizität und Hygiene legen lassen. Die Pumpe im Garten funktionierte noch, nach wenigen Pumpbewegungen kam kaltes, klares Wasser aus dem dunkelgrünen Rohr. Er bot das Wasser Theo an. Es war ihm zu kalt, er schüttelte sich und verweigerte den Trank.

Buttmei überprüfte die Zugänge ins Haus. Neben dem Vordereingang und der jetzt beschädigten Tür zum Garten existierte noch ein schmaler Zugang, der von der Garage ins Haus führte. Die Garage war mit Hohlblocksteinen nachträglich angebaut worden. Seit Fritz Webers Unfall stand sie leer.

Alle Eingänge waren gegen laienhafte Versuche einzudringen mit ein paar Tricks abzusichern, da genügten Stühle unter den Türklinken oder Drähte um Fenstergriffe. Nur das Schuppendach gefiel ihm nicht, weil man es leicht besteigen und im ersten Stock eindringen konnte. Stacheldraht ziehen, das war zu aufwendig. Flaschen zertrümmern und Scherben streuen, das war möglich. Schließlich brachte ihn ein Ausrutschen im feuchten Gras auf die einfachste Idee: Schmierseife ausschütten. Das half bis zum nächsten großen Regenguss. Darüber hinaus machte ihm die

Vorstellung von herunterrutschenden Dorfbewohnern diebische Freude.

Er ließ Theo frei über die Felder laufen. Mit seinen krummen Beinen war der zu groß geratene Dackel und zu kräftige Spitz nicht allzu sportlich und würde in seiner Nähe bleiben. Die Farben der Felder waren noch getränkt von der Winternässe, ein schweres, dunkles Braun, daneben das verschabte Grün der Wiesen, das den Winter überdauert hatte.

Im Tal hörte er etwa in der Gegend der Ampel Einsatzsignale eines Polizeiwagens, dann sah er auch das Blaulicht blitzen. Der Wagen fuhr zu Annes Haus. Die Beamten würden den Brandanschlag untersuchen. Gut so, dachte Buttmei.

Am Waldrand bog er – noch in Gedanken – in einen schmalen Trampelpfad ein, der parallel zur Grenze der Felder verlief. Der Pfad führt durch dichtes Gebüsch und unter nicht sehr hoch hinaufstrebenden Bäumen entlang, Birken, Ebereschen, Wildkirschen, die so nahe beieinander standen, dass sie sich zum Weiterhinaufstreben gegenseitig die Luft wegnahmen. Plötzlich fiel ihm ein, dass es dieser Pfad war, den er oft gegangen war, weil er hoffte, im Unterholz Tiere aufspüren zu können. Dort, wo es besonders dicht wuchs, konnten sich tagsüber sogar Wildschweine verbergen.

Nun war der Fall wieder weit weg und die Erinnerung an die Jugendzeit hautnah. Sie brachte ihm ein Bild vor die Augen, das er vergessen und wohl auch verdrängt hatte. In diesem Gebüsch hatte er nach Ende des Krieges die erste Begegnung mit einem toten Menschen. Die alte Frau wurde schon seit Tagen im Dorf vermisst. Sie galt als verwirrt. Und nun sah er sie vor sich, erhängt, tot, bereits von Fliegen umsurrt. Und doch auf den eingeknickten Beinen stehend, weil der junge Baum sich durch die an ihm ziehende Last langsam zur Erde gebogen hatte. Ihr schwarzes Kleid, die dunkelgrüne Schürze hingen an ihr herab. Die Arme baumelten. Sobald er sie erkannt hatte, wagte er nicht mehr, ihr Gesicht anzusehen, verdrängte sein zu Tode gequältes Aussehen so heftig, dass auch jetzt keine Erinnerung möglich war. Nur der grauschwarze Haarknoten im Genick und die schräge Kopfhaltung hatten sich eingeprägt. Er war schreiend ins Dorf zurückgerannt.

Auch jetzt schlug ihm das erinnerte Bild auf die Laune. Er kehrte um. Theo musste er erst aus fröhlichem Toben im Gebüsch mehrfach herausrufen, bis er ihm folgte. Missmutig ging er den Feldweg wieder zum Haus hinunter.

Theos heftiges Schnauben holte ihn in die Gegenwart zurück, er spürte wieder die Schwere der Schuhe, die im aufgeweichten Boden hafteten, er sah den nahen Waldrand und erkannte eine grüngekleidete männliche Person, die aus dem Eichenschatten heraus- und den Weg herunterkam.

Theo wühlte mit den Vorderpfoten in der Erde des Grasraines, der den Weg vom Feld abgrenzte. Er hatte bereits ein Loch gegraben und stieß immer wieder die Nase hinein, schnaubte heftig und scharrte weiter, als gelte es, einen Schatz auszugraben. Es konnte nur ein Mauseloch sein. Die weißen Flecken im Fell färbten sich ackerbraun.

Inzwischen war der Mann in Grün nähergekommen, ein Jäger offensichtlich, jedenfalls der grünen Kleidung und dem übergehängten Gewehr nach. Er trat auf Buttmei zu und fuhr ihn heftig an, weil er seinen Hund nicht angeleint hatte, und er sollte froh sein, dass er ihn nicht in den Feldern oder gar im Wald erwischt hätte, dann hätte er ihn erschießen können.

Buttmei, noch immer schlecht gelaunt, unterbrach den heftigen Redeschwall. Dazu kam, dass er solche aggressiven Redeattacken nicht ausstehen konnte. Der Ton dessen, was er sagte, war betont ruhig und langsam, die Worte waren scharf: »Nichts hätten Sie können. Wenn Sie das Gewehr auch nur von der Schulter genommen hätten, hätte ich Sie angezeigt und Stein und Bein geschworen, dass Sie mich bedroht hätten. Einem Kommissar wird man eher glauben als einem Möchtegernjäger, wie Sie einer sind. Danach könnten Sie Ihre Waffe und den Jagdschein in den Ofen schieben. Meine Kollegen sind bereits vor Ort und gehen den Spuren nach«. Er deutete zu Annes Haus hinunter.

Während es dem größer als Buttmei gewachsenen Mann die Sprache verschlug, sah er an ihm hinab, als wollte er ihn mustern. Bevor dieser zur Sprache zurückgefunden hatte, schob er hinterher: »Ihr Schuhabdruck gleicht denen am Haus von Anne Weber. Ich werde sie ausmessen und es nachprüfen, und wenn sie identisch sind, dann haben wir unseren Brandstifter.«

Als der Mann sprachlos blieb und stumm zum Dorf hinunterstapfte, meinte Buttmei zu Theo: »So ein hergelaufener Schnösel. Das mit dem Schuhabdruck habe ich ins Blaue gesagt, weil ich mich geärgert habe. Du weißt, wie ich dann sein kann. Aber wenn es so beeindruckend wirkt, wollen wir doch mal genauer nachsehen.« Er zog sein Notizheft aus der Tasche, zeichnete die klaren Schuheindrücke im Wegmatsch ab, steckte die Zeichnung ein. Sie gingen zum Haus zurück, um dort nach Abdrücken zu suchen und sie, wenn ihre Suche Erfolg hätte, zu vergleichen. Im Gartengras war allerdings kein brauchbarer Abdruck zu finden. Theos Blick mit schrägem Kopf gegen den im Gras Knieenden empfand er spöttisch.

Im Haus traf er die Kollegen, sie nahmen Fingerabdrücke und protokollierten Annes Aussagen. Sie begrüßten ihn herzlich, er wechselte ein paar belanglose Sätze mit ihnen. Ihr Auftritt hatte bereits den von ihm beabsichtigten Zweck erfüllt.

Als sie wegfuhren, nistete er sich im Archiv ein, Anne assistierte ihm. Wenn sie sich über seine Schulter beugte, roch er ihr Haar. Es duftete nach Kamille. Damit wusch sie es wohl täglich. Er spürte ihren nicht sehr großen, aber festen Busen. Das Gewicht ihres Körpers an seinem Rücken wirkte leicht, und er fand die Wärme angenehm.

So zögerte er einen Augenblick, mit den Nachforschungen zu beginnen. In dem mit weichem Leder gepolsterten Schreibtischstuhl saß er gut und hätte behaglich zurückgelehnt sitzen bleiben können, wenn es nicht darum gegangen wäre, Spuren zu finden.

Zuerst versuchte er sich einen Überblick zu verschaffen. Fritz Weber hatte an einer Wand des Archivs einen offenen Ablageschrank mit zahlreichen Fächern einbauen lassen und hatte die Fächer beschriftet. Buttmei konnte also alle Fächer, die andere, meist heimatkundliche Themen angaben, auslassen und sich auf die Stichwörter konzentrieren, die ihm bei der Suche nach Motiven, die eine Tat hätten hervorrufen können, weiterzuhelfen vermochten. Mit Annes Hilfe konnte er die Suche noch weiter einengen und wurde schnell fündig. Die wichtigsten Papiere lagen griffbereit auf dem Schreibtisch links und rechts vom Lesegerät, das der Blinde sich angeschafft hatte.

Die Fotos kannte er, doch nun fand er Namen auf der Rückseite. Sie gehörten zu alteingesessenen Höfen im Dorf. Auf den Rückseiten anderer Fotos entdeckte er die Namen von Baufirmen aus Städten der Region. Unter der Lupe ließ sich ausmachen, dass Gegenstände aus den Lastwagen in Traktorenanhänger umgeladen wurden. Sogar die Daten und Uhrzeiten waren angegeben. Auch die Fahrten der Traktoren in Richtung Bannwald und Steinbruch waren mit Foto und Zeitpunkt dokumentiert.

Anne wusste, dass ihr Vater das eine oder andere Foto von Bewohnern im Dorf gekauft hatte, nachdem auch sein Tagsehen immer mehr nachgelassen hatte. Das war nicht allzu schwierig, weil, wie auch Buttmei sich erinnerte, bei aller nach außen getragenen Solidarität die geheime Feindschaft und Eifersucht zwischen den Höfen zum Charakter dieses Dorfes gehörte. Keiner gönnte dem anderen mehr oder gleich viel Besitz oder Dinge, die man selbst nicht hatte. Das ging so weit – er erinnerte sich wieder –, dass seine Mutter nachts mit der Bäuerin losgehen musste, um aus den Nachbargärten reife Tomaten zu stehlen, während die Tomaten im eigenen Garten am Strauch blieben. Wenn seine Mutter sich verweigert hätte, hätte sie im Haus keine ruhige Stunde mehr gehabt.

Annas Vater hatte seine Nachforschungen gründlich und hartnäckig betrieben und auch nicht davon abgelassen, als es sich im Dorf herumsprach und zu immer deutlicheren Anfeindungen durch die betroffenen Familien führte.

Nachdem Buttmei die Namen wusste und seine Untersuchungen auf zwei Familien konzentrieren konnte, interessierte es ihn, warum Weber so unerbittlich und bis in seine Blindheit hinein die Jahre zurückliegenden Vorgänge verfolgte. Geschichtsinteresse reichte als Grund nicht aus. Er hatte zwar als Heimatforscher manches erkundet und veröffentlicht und als solcher einen respektablen Ruf im Dorf und in der Region. Aber es musste mehr dahinter stekken.

In der Familiengeschichte wurde er durch Hinweise Annes schnell fündig. Webers Mutter war anonym angezeigt worden, weil sie der einzigen jüdischen Familie in Hinterhimmelsbach – einem Viehhändler, seiner Frau und seinen zwei Töchtern – die Freundschaft hielt bis zu deren Verhaftung. Sie hatte sie nicht nur weiter gegrüßt, sie war zu ihnen in die Wohnung gegangen, auch noch in das eine Zimmer im alten, damals aufgegebenen Schulhaus, in das man sie hineinzwang, und hatte sie weiter mit Lebensmitteln und Kleidung versorgt, obwohl es verboten worden war. Buttmei las in der Abschrift der Anklageschrift, die der Sohn sich besorgt hatte, sie habe außerdem mehrfach den Hitlergruß auch nach Aufforderung verweigert und »dem deutschen Volkskörper Schaden zugefügt«.

Sie wurde verhaftet und zu Zuchthaus verurteilt. Zurück kam sie als gebrochener Mensch. Ihr Lachen war verschwunden, ihre Lebenslust dazu, und als sie eine neue Vorladung erhielt, weil sie sich nach dem Schicksal der jüdischen Familie erkundigt hatte, verschwand sie im

Wald, ohne sich von ihrem Sohn zu verabschieden, und tauchte nie wieder auf. Sie hatte nicht einmal mehr die Kraft oder den Willen, einen Abschiedsbrief zu hinterlassen.

Ihr Mann verwand den Verlust nicht. Er wurde ein Wesen, das vor sich hin vegetierte und letztlich auf den Tod wartete. Der zeigte jedoch wenig Erbarmen und ließ ihn warten. Solange der Vater lebte, rührte der Sohn trotz seiner Hassgefühle die Vergangenheit nicht an, um den Vater nicht noch tiefer in Verzweiflung zu stürzen. Nach dem Tod des Vaters begann er mit seinen Nachforschungen und gab nicht auf, bevor er wusste, was er wissen wollte, die Namen der Schuldigen. In Artikeln in der Heimatzeitung forderte er eine Gedenktafel für die jüdische Familie, die ermordet worden war. Als die Alteingesessenen im Dorf empört von Nestbeschmutzung sprachen und erste Drohungen ausstießen, drohte er zurück, er werde die Namen der Beteiligten und Fotos, die in seinem Besitz waren, ebenfalls in der Heimatzeitung veröffentlichen und darüber hinaus auch an größere Zeitungen schicken. Außerdem deutete er an, dass er Nachforschungen wegen eines Asbestskandals betreibe und auch damit an die Öffentlichkeit gehen werde.

Buttmei hielt nun die Fäden in der Hand, die er gesucht hatte: die Ursachen für die Drohungen gegen Weber und die Gründe für seine Hartnäckigkeit, denn er hatte auch notiert, dass er anonyme Hinweise erhalten hatte, die Anzeige gegen seine Mutter käme aus dem Umkreis der Delps und Beilsteins.

Dazu fiel ihm eine Szene ein, die er beim Einmarsch der Amerikaner in das Dorf erlebt hatte. Eine Handvoll junger Soldaten hatte die kleine Nebenstraße verteidigen sollen. Aber die Amerikaner kamen mit geballter Panzermacht gerade dorthin, weil sie über diese Straße die gut befestigte Hauptstraße nach Osten umgehen wollten. Die Soldaten mussten sich zurückziehen und baten im Nazidorf um Pferde und Wagen, um ihre Maschinengewehre schneller transportieren zu können. Sie wurden ihnen glattweg verweigert, und sie mussten mit vorgehaltener Waffe gewaltsam in Besitz nehmen, was sie benötigten. Zu dem Zeitpunkt hatten die Bauern schon ihre Parteiabzeichen vom Revers genommen, die Hakenkreuzfahnen vergraben, ihre Frauen standen mit weißen Tüchern hinter den Türen und hissten sie, sobald die Soldaten das Dorfende erreicht hatten. Auch die Rufe der auf den Panzern sitzenden amerikanischen Soldaten hatte er noch im Ohr:

»Hitler kaputt!« Er schüttelte im Nachhinein den Kopf über den raschen, ja blitzschnellen Wandel, den die Dorfnazis vollzogen hatten. Erklärungen hatte er keine dafür, allenfalls Verwunderung darüber, wie eine so tiefsitzende Begeisterung und Mittäterschaft sich in Luft und Schweigen auflöste. Selbst hinter vorgehaltener Hand fiel kein Wort mehr über die braune Vergangenheit. Es war so, als hätten sie sich nie daran beteiligt. Erst als einer wie Weber kam und sie an ihre Mittäterschaft erinnern, sie sogar in einer Gedenktafel verewigen wollte, wurde die Vergangenheit wieder zu einem Thema in Hinterhimmelsbach.

Nun wusste er, wer sich bedroht fühlen musste: Delp und Beilstein. An Beilstein, der damals als älterer Mann auf dem Hof lebte, hatte er eine deutliche Erinnerung. Da es einer der größeren Höfe war, besaß er ein Pferdegespann, zwei schlanke dunkelbraune Pferde zogen den Wagen. Er saß oben und knallte mit der Peitsche. Wenn es ihm zu langsam ging, sprang er ab und trat die Pferde in den Bauch. Es hatte Buttmei empört, aber noch mehr hatte es ihn getroffen, dass er den Mund halten musste, weil seine Familie sonst im Dorf völlig geächtet gewesen und wohl gar verhungert wäre. Als er sich in Annes Haus daran erinnerte, kam die

Scham darüber wie eine heiße und den Kopf rötende Welle über ihn, und er verstand den alten Weber besser.

Trotzdem war er mit den Ergebnissen seiner Nachforschungen nicht zufrieden. Der Blick in die Vergangenheit reichte ihm nicht. Letztlich hatten die beiden Bauern nicht allzu viel zu befürchten. Die Vorgänge waren nicht justiziabel. Das Gerede über die Vergangenheit gab es im Dorf sowieso schon immer und würde es immer geben. Der Mord an Fritz Weber musste Ursachen haben, die in der Gegenwart lagen. Das bewiesen auch die akribisch gesammelten und bezeichneten Fotos. In ihnen steckte der Schlüssel für die Tat, »wenn es denn«, murmelte Buttmei fast schon wie einen Refrain hinterher, »ein Mord war«.

Täternamen waren wichtige Schritte zur Aufklärung. Zu Ende war damit der Fall noch nicht. Buttmei musste Motive finden und den Tätern die Tat beweisen können. Dazu brauchte er eine Phase des Nachdenkens. Er musste Strategien entwickeln. Die Strategien mussten die Täter so weit aus der Verborgenheit herauslocken, dass er sie auf dem Tablett – wie das einer seiner Mitarbeiter immer genannt hatte – den offiziellen Behörden servieren und sie zum Aktivwerden veranlassen konnte. Als Pensionär fehlte ihm dazu jede Befugnis. Er konnte die Verdächtigen nicht einmal dazu zwingen, mit ihm zu reden oder gar Fragen zu beantworten. Von Verhörenkönnen und In-die-Enge-Treiben mit all den erlernten Tricks eines erfahrenen Verhörenden konnte nicht die Rede sein.

Er verließ das Archiv, stopfte seine Pfeife neu, zündete sie an. »Zwei Tage im Dorf werde ich noch brauchen, bevor ich zu dir ziehen kann«, sagte er zu Anne, die ihn erwartungsvoll ansah. »Aber dann komme ich bestimmt!«

Sie erwiderte: »Der Rotwein aus Vaters Keller ist besser als der im ›Grünen Baum‹.«

Er nickte.

Als er sein Zimmer betrat, erkannte er sofort: Es war durchwühlt worden. Sein erster Gedanke galt Theo. Gut, dass er sich nicht im Zimmer aufgehalten hatte; die Einbrecher hätten ihn erschlagen. Auf dem Weg zum Gasthaus hatte er sich wie eine Vorahnung an eine Szene erinnert, die ihn als Jugendlichen bedrückt hatte. Delps hatten einen Zottelhund, grau, Haare bis über die Augen gewachsen, ein Mischling wie sein Theo und ein freundliches Tier, aber wachsam, wie sein Besitzer es erwartete. Selbst die unmittelbaren und mehrmals am Tag vorüberkommenden Nachbarn wurden bei jedem Betreten des Hofes verbellt, bevor das Bellen in freudige Begrüßung überging. Er wurde Flock gerufen. Wenn er ihn freudig ansprang und auf ein paar liebevolle Worte hoffte, weil der junge Philipp Buttmei damit nicht geizte, war er fast so groß wie er. Ansonsten reichte er ihm ein Stück bis über die Knie. Er lag in der Regel an einer kräftigen Kette in einer hölzernen, vom Bauern selbst zusammengenagelten Hundehütte neben der Sandsteintreppe, die ins Haus führte. Wenn der Rüde läufig wurde, heulte er langgezogen, bis ein Tritt des Bauern ihn in die Hütte trieb. Eines Tages gelang es ihm, die Kette aus dem Holz zu reißen, hinter einer Hündin her zu laufen und einen Tag lang zu verschwinden. Als er nach Stunden zurückkam, kettete der alte Delp ihn an und schlug einen Besenstil auf ihm entzwei. Das Winseln des Hundes kam nun wieder in Buttmeis Ohren: kläglich, lang anhaltend und sich einprägend.

Mit dieser Erinnerung hatte er auch noch eine ganze Weile im Zimmer gestanden, ohne zu prüfen, was geschehen war. Das widerfuhr ihm öfters. ›Erinnerungsabsenzen‹ nannte er den Zustand. Sobald er daraus zurückkehrte, war er hellwach. Seine Mitarbeiter waren daran gewöhnt, sie warteten und flüsterten einer zum anderen »Der Alte nimmt Anlauf.«

Nun untersuchte er Schrank, Koffer, Nachttisch, Tisch, das Bett. Die Pfeifen waren weg, und aus Annes Kassettenrekorder war die Aufnahme, die er an der Ampel gemacht hatte, herausgerissen worden. Er fasste an seine Jackentasche. Die Pfeifen, um die es ging, steckten noch. Er hatte sie für weitere Vergleiche dort belassen. Nun wusste er auch, dass sie mit dem Mord in Verbindung standen, und war durch die Mithilfe der Täter der Aufklärung ein Stück näher gekommen, denn von sich aus hatte er die Jagdpfeifen und den Mordfall nicht in einen Zusammenhang gebracht. So trank er seinen abendlichen Rotwein, als wäre nichts gewesen, ließ sich auch nichts anmerken, warf nicht einmal Blicke zum Stammtisch hinüber, saß da, aufreizend zufrieden. Dass er die Ohren spitzte, um zu hören, worüber sie sprachen, ließ er sich nicht anmerken. Aber die Wortfetzen, die er auffing, verkündeten ihm das übliche Stammtischgeschwätz. Familientratsch, wer mit wem und wie und wo, Fußball, Asylantenbeschimpfung, obwohl es im Dorf keine gab, wir Deutschen, hieß es und ähnliches Geschwätz, und dann noch die Klage, wie schlecht es den Bauern ging, dass früher alles besser war und so weiter und so fort. Es war ermüdend zuzuhören, und er ließ es sein. Er schlief auch gut und tief, klemmte jedoch, bevor er zu Bett ging, einen Stuhl unter die Türklinke.

Früh am Morgen rief ihn der Gastwirt aus dem Schlaf und in die Wirtsstube ans Telefon. Der Kollege aus dem Labor unterrichtete ihn über die Proben.

»Das ist ordinäres Asbest, wie es bis 1979 als Isoliermaterial verwendet wurde. Danach wurde es verboten. Technische Regeln für Gefahrstoffe 519.«

»Was ist daran so gefährlich?« fragte Buttmei.

»Die Wunderfasern – so hieß das Zeug vor dem Verbot – wandern über die Atemwege in die Lunge. Wenn du Glück hast, kriegst du Atemnot, wenn du Pech hast, kriegst du eine Asbestose, und wenn du noch mehr Pech hast, Lungenkrebs, aber das mit dem Krebs kann zwanzig oder dreißig Jahre dauern.«

»Und was macht man mit dem Zeug?«

»Entsorgen lassen. Dazu gibt es Spezialfirmen. Wenn du Asbest im Haus hast oder im Dach und es raushaben willst, lass die Finger davon. Das Haus muss staubdicht abgeschottet werden, im Innenbereich muss man mit Unterdruck arbeiten, Masken tragen, Schutzkleidung und durch Schleusen raus und rein. Also nochmals: Finger weg, wenn du keinen Krebs haben und dich nicht strafbar machen willst.«

»Ich werd' mich hüten. Aber warum sollte man das selbst machen wollen, wenn es so gefährlich ist?«

»Weil dich die Entsorgung das Zehnfache kosten wird.«

»Kann man es nicht billiger haben?«

»Das war mal ein gutes Geschäft, aber ich glaube nicht, dass sich heutzutage aufgrund der angedrohten Strafen noch einer traut, solche Geschäfte zu machen.«

»Gut, dass mein Dach noch dicht ist.«

»Hast du vielleicht alte Nachtspeicheröfen? Asbest schien, bevor es verboten wurde, dafür die perfekte Wärmedämmung zu sein. Aber die Matten enthalten dazu noch wasserlösliches Chlor und gefährden bei unsachgemäßer Entsorgung das Grundwasser. Also auch da: Finger weg!«

»Nun bin ich aber froh, dass ich dir die Proben gegeben habe.«

»Du hast dir ein teures Gutachten gespart. Aber für die Entsorgung kannst du schon mal deinen Kontostand überprüfen.«

»Noch etwas. Kannst du mir das, was du gesagt hast, schriftlich geben?«

»Wozu denn das?«

»Ich habe kein Haus. Ich hause in einer Mietswohnung.«

»Und hast Atembeschwerden?«

»Nicht gerade.«

»Du kriegst deinen Bericht.«

»Ich danke dir. Demnächst komme ich mit einer Flasche Sekt vorbei.«

»Ich freu' mich schon drauf!«

Der Wirt hatte sich an der Theke zu schaffen gemacht und Gläser gespült. Wahrscheinlich hatte er das Gespräch mitgehört. Aber das war Buttmei durchaus recht.

Den Tag verbrachte er damit, seinen Gedanken nachzuhängen, denn das, was er erfahren hatte, war eine Spur, der er nachgehen musste. Sich eine Pfeife anzündend und die Hände in den Hosentaschen, spazierte er durch den alten Ortskern von Hinterhimmelsbach; Theo dackelte hinter ihm her. Sein Pfeifchen schmauchen, stehenbleiben, die Höfe betrachten, Leute, die an ihm vorbeigingen, grüßen, auch mal Steine, die auf dem Weg lagen, wegkicken – das hatte er sich als Junge angewöhnt, und das Zucken in den Füßen, wenn etwas herumlag, das man in Bewegung setzen konnte, hatte nie aufgehört; seine Schuhspitzen waren stets verkratzt So schlenderte er scheinbar ziellos umher.

Die asphaltierten Straßen, damals Sandwege mit fest eingestampften grauen Schottersteinen, waren sauber, denn gekehrt wurden sie am Wochenende wie eh und je. Als Einquartierter musste er das machen und machte es ungern, weil es ihm wie Fronarbeit vorkam. Schwere Arbeit war es nicht, den Reisigbesen über die Erde zu ziehen. Im Sommer staubte es, dann schluckte und hustete er. Am unangenehmsten war die wie Pfannekuchen hingeklatschte Kuhscheiße, die zwar an der Oberfläche grau eintrocknete. Aber beim Kehren kam der stinkende spinatgrüne Kern wieder zum Vorschein und klebte am Besen.

Vor dem Hof, in den seine Familie eingewiesen worden war, blieb er stehen. Viel hatte sich nicht geändert. Der Misthaufen war verschwunden. Die Viehwirtschaft schien aufgegeben. Das Stallungsgebäude war zur Maschinenparkstation und zur Garage umgebaut. Die übliche Sandsteintreppe führte über die Bruchsteinmauer des Untergeschosses in den Wohntrakt. Er wirkte wie neu gestrichen, auch die Fachwerkbalken glänzten vor Farbe. Als er näher trat, sah er, dass der Hof mit Platten ausgelegt war. Im Wassertrog blühten rote Geranien. Damals wurde hier in kaltem Wasser die große Wäsche gewaschen. Wenn seine Mutter vom

Waschen kam, hatte sie blaue und mit Falten überzogene, ausgelaugte Hände.

Es fiel ihm, als er in den Hof hineinsah, wie Schuppen von den Augen. Theo! Jetzt wusste er, warum ihn der seltsame Mischling so angezogen hatte und er nicht von ihm loskam, bis er ihn mit nach Hause genommen hatte. Damals wachte ein ähnlicher Bastard über den Hof, und zwischen ihm und dem Hund war eine Freundschaft entstanden, die darauf beruhte, dass sie beide Fremdkörper in Hinterhimmelsbach waren. Er konnte für den Moment der Erinnerung sogar das glatte und warme Fell des Hundes spüren.

Hinter den immer noch kleinen Fenstern und ihren weißen Stickgardinen wurde er beobachtet. Er hörte Rufen im Haus, verharrte, den Rauch der Pfeife in die Luft paffend, auf der Stelle und ließ sein Erinnerungsvermögen weiter in der Vergangenheit kramen.

Links, dort, wo jetzt der Mähdrescher steht, befand sich das Plumpsklo. Die Tür mit dem ausgesägten Herz täuschte Idylle vor. Dahinter im Halbdunkel ein Brett als Sitz, im Brett ein Loch, darunter waberte die stinkende Brühe, die von Zeit zu Zeit abgesaugt, in metallene Behälter auf Wagen gepumpt und auf den Feldern versprüht wurde. Wenn der seine Notdurft Verrichtende Pech hatte, fanden sich noch Reste in dem Rohr, das über ihn hinweg nach draußen führte, und er hatte Mühe, der heruntertropfenden braunen Flüssigkeit zu entkommen. Auf dem Sitzbrett lagen zu kleinen Vierecken zurechtgerissene Zeitungsteile. Manchmal las Philipp ein paar Zeilen, um sich abzulenken, während er in Gestank und Kälte saß.

Rechts von der Treppe hinter der ersten Tür im Flur lag das Zimmer, in dem er schlief. Nur das Bett war ihm zur Verfügung gestellt, der Rest des Zimmers stand und hing voll mit allerlei Gerümpel, das vielleicht noch einmal gebraucht werden konnte: alte Rechen, Körbe, Zinkwannen. Im Boden führten Löcher bis in den Keller. Im Herbst konnte er bei Mondlicht Mäuse dort herausspazieren und im Zimmer herumschnüffeln sehen. Im Winter fror sein Atem auf der schweren Bettdecke. Am Morgen sah er die Eiskristalle auf dem Überzug.

Im ersten Stock lebten die Eltern in einem Zimmer mit einer Nebenkammer und einer Kochstelle. Die ersten Löffel hatte der Vater aus Holz geschnitzt, den ersten Kochtopf von einer Müllhalde im Wald geholt. Der Dorfspengler lötete ihm gegen Zigaretten das Loch im Aluminium zu. Da Vater Nichtraucher war, wurden die Zigarettenmarken zu einem der wichtigsten

Tauschobjekte, die die Familie besaß. Irgendwoher hatten sie auch ein altes Radio, einen Volksempfänger, aufgetrieben und er entdeckte mit Begeisterung Glenn Miller, dessen Musik ihn so auflockerte, dass er bis in sein Rentnerdasein hinein immer wieder den Millersound hörte.

Mit diesen Bildern vor Augen hatte er lange regungslos vor dem Haus gestanden. Es muss auf die Zuschauer herausfordernd gewirkt haben. Schließlich öffnete sich die Tür. Zuerst kam eine Frau, etwas jünger als er, im eleganten Bauerndirndl und mit Friseurlocken, dann eine alte gebückte Frau in schwarzer Kleidung, das Haar zum Knoten gebunden. Auch das war ihm aufgefallen: Die alten Frauen gingen wie damals, krummgeschafft, in immerwährender Trauerkleidung, weil immer wer starb, ein Verwandter, ein Nachbar. Die jüngeren gingen aufrecht, waren modisch gekleidet, wenn auch nicht nach der allerneusten Mode, auch nicht auffällig durch Extravaganzen, eher den Kleidungsstücken aus Versandhauskatalogen gleichend. Sie wirkten wesentlich jünger, als es bei Über-fünfzig-Jährigen in der damaligen Zeit der Fall gewesen war.

Er wartete, bis die zwei Frauen vor ihm anhielten und ihn anstarrten.

»Das ist er«, sagte die Alte. »Kennst du ihn nicht mehr? Der Philipp, der oben bei uns in der Stube wohnte, gleich nach dem Krieg, als die Ausgebombten kamen? Der Philipp, er ist es.«

Philipp Buttmei war zwar der Meinung, er hätte sich sehr verändert und sähe dem Jüngling von vor mehr als vierzig Jahren nicht mehr ähnlich. Aber nun war er erkannt, und es folgten die üblichen Fragen, was ihn ins Dorf zurückbrächte nach so langer Zeit, ob er wegen Anne Weber da wäre. Er antwortete oberflächlich und schloss aus den nichtgestellten Fragen, dass sie wusste, was er beruflich gemacht hatte. Sonst hätte sie gefragt, was aus dem »Bub von damals« geworden wäre. Ins Haus wurde er nicht gebeten. Das war ihm ganz recht. Die Familie stand nicht auf der Liste der Verdächtigen.

Einem plötzlichen Einfall nachgebend, fragte er nach einer jungen Frau mit langen blonden Haaren und Stirnband und begründete es damit, dass er sie gesehen und sich gewundert habe, weil es hellblonde Frauen im Dorf früher nicht gegeben hätte. Er könne sich jedenfalls an keine erinnern.

Da hätte er recht, sagte die Alte. Der Vater, der Beilstein, damals der junge, jetzt der alte Beilstein, habe eine blonde Frau nach dem Krieg mitgebracht; die, so erzählt man, habe er in so einer Zuchtburg kennengelernt – er, Buttmei wisse sicher, was das gewesen sei, »blonde Kinder dem Führer schenken, hieß das«, sagte die Alte kichernd, »und die Nachkommen sind nun auch blond. Und mit blauen Augen!« Deren Tochter, die Brunhilde, die habe so lange Haare und Stirnbänder drin. Das könnte nur sie gewesen sein. Dann spottete sie noch: »Guckst du immer noch nach den jungen Mädchen?«

Er verweigerte die Antwort.

Sie standen noch einen Augenblick stumm beieinander, dann sprach die Alte zu ihrer Tochter: »Alle Mädchen im Dorf haben den Kopf nach ihm gedreht. Gefragt haben sie sich, was der den ganzen Tag im Wald treibt. Das hat sie beschäftigt. Wenn der gewollt hätte, hätte er eine gute Partie machen können. Vielleicht war er auch zu schüchtern. Die Städter sind manchmal so.« Sie kicherte wieder vor sich hin und verabschiedete sich.

Eine ›gute Partie‹! Du auf Zeit und Ewigkeit hinter Ochsen und dem Pflug herstampfen? Er setzte seinen Weg kopfschüttelnd fort.

Die Delpschen und Beilsteinschen Höfe lagen nebeneinander. Zwischen beiden blieb er stehen, zog sein Notizbuch, wartete, bis auch hier das erste Gesicht hinter einem der Fenster erschien, und tat so, als machte er sich Notizen.

Hinter dem Hoftor ließ jemand einen Hund los, der bellend und die Zähne bleckend gegen das Gitter sprang. Er ging zwei Schritte auf den Hund zu, was diesen vollends wild machte, so dass er sich heiser kläffte. Dann kamen Schritte, der Hund wurde am Halsband gepackt und weggezogen. Ein Lastwagen fuhr vor und schob ihn fast zur Seite. Getränkefirma, las er.

Verwundert beobachtete er, dass kistenweise Wasser in den Hof getragen wurde. Das Quellwasser, das im Dorf aus den Leitungen kam, schmeckte damals gut und frisch, und alle tranken es. Keiner wäre auf die Idee gekommen, Geld für den Kauf von Wasserflaschen auszugeben. Ob das auch ein Puzzlestück in seinem Fall war? Er würde es herausbekommen.

Auf dem Weg zum Gasthaus zurück ließ er sich im Postamt ein Tarifheft geben und umständlich erklären, was ein Einschreibebrief kostete, und ob der auch sicher sei, und wie lange der brauchte, um anzukommen, weil er damit wichtige und eilige Dokumente verschikken müsste.

Danach führte ihn der Weg aus dem Dorf und über die Ampel zu Anne Weber. Sie hatte ihm bereits Kopien der Fotos und Dokumente gemacht, um die er sie gebeten hatte. Weber hatte sich wegen seiner Arbeit als Heimatforscher Laptop und Kopierer zugelegt. So war es leicht, in seiner Datei zu überprüfen, welche Dokumente es gab. Buttmei hatte nichts übersehen, und Anne hatte ihm auch schon ein Kuvert zurechtgelegt, in das er alles packte. Einen Brief, in dem er seinen Verdacht festgehalten hatte, wer die Täter sein könnten, und warum sie den Mord an Weber begangen haben könnten, hatte er bereits im Gasthaus geschrieben und steckte ihn dazu, außerdem einen Hinweis auf die Laborbefunde, und wer die Untersuchung gemacht hatte. Er schloss den Umschlag, adressierte ihn an das zuständige Kriminalbüro und legte ihn auf den Tisch.

Bevor sie den gewohnten Tee tranken, sah er, wie Anne Theo mit Wasser aus einer Flasche versorgte. Auf seine Frage, warum sie ihm nicht das bekannt gute Hinterhimmelsbacher Kranenwasser gebe, erwiderte sie. »Ach, ich habe dir gar nicht gesagt, dass Theo das Wasser nicht trinken wollte. Es schmeckt auch nicht mehr so gut wie früher. Vater wollte eine Untersuchung des Wassers veranlassen. Aber dazu ist er nicht mehr gekommen.«

»Das können wir ja nachholen«, reagierte er. Nach einer Gesprächspause fragte er nach auffälligen Krankheiten im Dorf.

»Wie kommt du auf diese Frage? – Aber du hast recht. Seit einigen Jahren häufen sich Allergien und Asthma, vor allem bei den Kindern. Das gab es früher nicht.«

Er brummte: »Spielen die Kinder immer noch oben im Steinbruch?«

»Du weißt doch selbst, was für ein aufregender Spielplatz das sein kann. Manche Eltern haben es in den letzten Jahren ihren Kindern verboten, weil sich Gerüchte über dort gelagerte Gefahrenstoffe verbreiteten. Man munkelte etwas von Altlasten aus dem Zweiten Weltkrieg.«

»Altlasten«, wiederholte er mit einem spöttischen Unterton, der jedoch Anne nicht auffiel.

Während es draußen dämmerte, kreisten ihre Gespräche nicht mehr um den Fall, sie sprachen über Musik. Anne liebte wie er Gregorianische Gesänge und hatte gerade in der Nachfolge dazu die Responsorien des Gesualdo di Venosa entdeckt. Sie legte die CD auf. Eine Musik, die süchtig machen konnte durch ihre scheinbare Harmonie und die morbiden und melancholischen Klänge, füllte den Raum, als befänden sie sich in einem Kirchenschiff. Er schluckte den Kommentar »auch der war ein Mörder« mit einem Schluck des vorzüglichen Bordeauxweines hinunter, den sie aus dem Keller geholt und rechtzeitig geöffnet hatte, damit er atmen konnte. Nun stand er vollmundig in den großen bauchigen Gläsern. Buttmei schwieg nicht nur, weil er die Stimmung nicht stören wollte, sondern auch wegen der Faszination, die von dieser Musik ausging. Zur Rechtfertigung und Selbstbeschwichtigung fügte er noch lautlos an: »Im Affekt. Ein Mörder im Affekt.« Er drehte das Glas in den Händen, genoss das dunkle, im Abendlicht leuchtende Rot. Als Kontrast dazu dunkelte Annes blondes Haar zu einem gedämpften Ockerton. Es war eine Stimmung, um alle Fälle und Untersuchungen sein zu lassen; schließlich konnte ihn niemand dazu zwingen.

Noch auf dem Rückweg ins Dorf wirkten seine Schritte beschwingter. Sonst neigte er eher zu einem bedächtigen und nicht sehr großschrittigen Gang. Im Hohlweg, bereits in dessen Dunkelheit getaucht, schärfte ein Geräusch, das aus den Randbüschen aufbrach, sein Gehör. Bevor er sich umdrehen konnte, spürte er, dass jemand hinter ihm stand. Instinktiv machte er sich kleiner, da wurde auch schon ein Schlag gegen seinen Kopf geführt, und er fiel zu Boden.

Lange lag er nicht, denn sein rasches Wegzucken hatte einen Teil der Wucht abgefangen. Sein Schädel brummte, die Kleider waren total versandet, und der Brief war weg. Zuerst dachte er daran umzukehren, aber er wollte Anne nicht in die Angst versetzen. So lief er zu seinem Quartier.

Als der Wirt ihn sah und fragte, ob er gestürzt sei, antworte er unwirsch: »Nein, das war ein Mordanschlag, und morgen früh werde ich Anzeige erstatten und den Täter benennen! Und erzählen Sie es weiter!«

Obwohl es dem Wirt die Antwort verschlug, holte er eine Kleiderbürste, drückte sie ihm in die Hand. Im Zimmer reinigte Buttmei seine Kleider. Diejenigen, die feucht geworden waren, hängte er zum Trocknen über einen Stuhl. Dann ließ er kaltes Wasser über die Kopfseite laufen, die den Schlag abbekommen hatte. Das würde Schwellungen kleiner halten und den Schmerz wegnehmen.

Neu gekleidet, überlegte er, ob er in die Gaststube hinuntergehen sollte. Aber den Bordeauxgeschmack noch im Mund, war ihm nicht nach Trollinger zumute, also ging er früh zu Bett und überdachte trotz seines

Brummschädels die Ereignisse. Für ihn wurde es immer wahrscheinlicher, dass Fritz Weber auf perfekt ausgeklügelte Weise ermordet worden war. Die Motive dafür lagen auf der Hand. Die Spur zu den Tätern war eindeutig. Der Beschreibung der Autofahrer nach waren es junge Leute, ein Mann, eine Frau. Die Frau schien auch bereits identifiziert. Aber warum hatten sie es getan? Auch dazu fand er allmählich Antworten. Ein völliges Rätsel war ihm, wie sie es getan hatten. Bevor er das nicht wusste, war es für ihn selbstverständlich, dass er den Fall nicht abschließen konnte. Das musste und das würde er auch noch herausfinden.

Zeitungen würden sich möglicherweise auf den Fall stürzen, Berichterstatter ins Dorf kommen, Fragen stellen, Fotos machen, Schlagzeilen produzieren. War es das, was sie fürchteten? Hatten sie die Tat vorschnell und hitzköpfig begangen und saßen nun in der Falle, weil ein nachgewiesener Mord zu hohen Strafen der Beteiligten führen würde? Diese Gefahr war allerdings größer, und sie betraf die jungen Leute und würde deren Leben zerstören. In diese Situation hatten sie sich selber gebracht und wussten nicht mehr herauszukommen. Sie waren auch nicht von der Sorte Täter, mit denen man selbst als Jäger noch Mitleid hatte, Täter aus Verzweiflung zum Beispiel.

Aber noch war es nicht soweit. Beweise wie die Pfeifen zum Beispiel waren einleuchtend, sie waren jedoch nicht dingfest genug, um vor Gericht Bestand haben zu können. Er wusste auch nicht, was die junge Frau auf der anderen Ampelseite und was ihre Hand auf dem Schalter mit der Tat zu tun hatte, und er wusste immer noch nicht, was sie gemacht hatten, um Fritz Weber zu täuschen. Hatten sie die Ampel manipuliert? Aber wie? Er würde also in Hinterhimmelsbach bleiben müssen. Immerhin glaubte er, so weit vorangekommen zu sein, dass er zu Anne umziehen konnte. Morgen also, dachte er, nahm eine Baldrianschlaftablette aus dem eisernen Bestand der Reiseapotheke, in der für solche Eventualitäten Tabletten zum Vorrat hielt.

Sonne und blauer Himmel blendeten ihn, als er die Augen öffnete. Erst nach mehrmaligem Reiben und Blinzeln war er der strahlenden Helligkeit gewachsen. Er hatte lange geschlafen. Der Magen knurrte. Der Kopf schmerzte, wenn er an die Stelle kam, wo ihn der Hieb getroffen hatte. Er fühlte auch eine Beule. Es war jedoch auszuhalten. Jedenfalls war der Hunger stärker als die Beschwerden. Er ging zum Frühstück.

Im Eingang zur Gaststube wurde er offensichtlich erwartet. Ein Mann sprach ihn an. Er war älter als er. Bauer Delp, ein groß gewachsener Mann, mit wässerig blauen Augen und kurz geschnittenen grauen Haaren. Das schlecht rasierte Gesicht zog die weißen Bartstoppeln in seine tiefgeschnittenen Furchen wie in einen umgepflügten Acker. Er trug die für die ältere Generation typische Kleidung: die Cordhosen, die Drillichjacke; die Schirmmütze hielt er in der Hand. Buttmei sah, dass der Daumen links an die Handfläche angenäht war. (Später erfuhr er vom Gastwirt, dass Delp sich den Daumen beim Maisschneiden mit der Sichel abgeschnitten und im Kreiskrankenhaus wieder angenäht bekommen hatte.) Er bat um ein Gespräch unter vier Augen, oben in Buttmeis Zimmer.

Dort verschlug es bereits bei den ersten Sätzen Buttmei die Sprache. Der Bauer legte ein Geständnis ab. Er sei der Mann auf den Fotos, die Weber aufgetrieben hatte, und habe sich durch Webers Nachreden und Verdächtigungen in seiner Existenz bedroht gefühlt; das habe ihn krank und schlaflos gemacht. Es sei kein Leben mehr für ihn gewesen. Da habe er sich abends an die Ampel gestellt und mit der Pfeife den Ton für Fußgängergrün nachgeahmt.

»Was dann geschah, wissen Sie ja.« Er griff in die Tasche und legte die Pfeife auf den Tisch. »Da sind meine Fingerabdrücke dran«, sagte er noch und schwieg.

Buttmei musste erst einmal Luft holen und seine Reaktionen koordinieren. Dann fand er die Sprache wieder: »Sie haben gerade einen Mord zugegeben.«

»Ich habe gesagt, dass ich es war. Damit ist Ihr Fall doch gelöst.«

»So sieht's aus – bis auf ein paar Ungereimtheiten, die ich noch klären will.«

»Was für Ungereimtheiten?«

»Kleinigkeiten. Aber jetzt machen wir ein Protokoll.« Buttmei notierte die Aussage Delps und ließ ihn unterschreiben. Der schien erleichtert, stand auf und wollte gehen.

Misstrauisch verwickelte ihn Buttmei in einen Dialog. »Der tote Weber belastet Sie nicht?«

»Dann wäre ich nicht hier. Aber ich habe ihn nicht angerührt!«

»Die Ampel hat ihn also umgebracht?«

Delp zuckte mit den Achseln und drehte die Mütze in den Händen.

»Der Beilstein war nicht beteiligt? Auch keine andere Person?«

»Nein. – Kann ich jetzt gehn?«

»Eine Frage noch: *Warum* legen Sie ein Geständnis ab?«

»Weil Sie schon alles wissen und mich früher oder später sowieso überführt hätten.«

Als Buttmei schweigend zögerte, schob Delp die trotzige Bemerkung hinterher: »Nun haben Sie, was Sie wollten.«

»Mir fehlt noch die junge Frau, die auf der anderen Straßenseite an der Ampel hantierte. Sie könnte eine Mittäterin sein.«

»Ich hatte keine Mittäterin.«

Nun zuckte Buttmei mit den Achseln.

Delp drehte sich zur Tür, murmelte noch: »Das war's doch«, ging, kam einen Schritt zurück und setzte energisch einen Schlusspunkt hinter das Verhör: »Sie sollten nun Ruhe geben! Und Anne Weber auch!«

Der Alte konnte es nicht gewesen sein. Buttmei wusste es. Von der Ampel weggelaufen war ein junger Mann. Buttmei wäre auch als Pensionär nicht Buttmei, wenn er nicht den wirklichen Täter hätte haben wollen. Seine Berufsauffassung verlangte völlige und unwiderlegbare Aufklärung. Das Geständnis brachte er jedoch zur Post und schickte es denen, die damals den Fall untersucht hatten – sollten sie sich damit herumschlagen. Er war noch nicht am Ende seiner Neugier und somit auch noch nicht am Ende seiner Ermittlungen.

Beim Frühstück blätterte er in der regionalen Zeitung. In ihr lag ein Gemeindeblatt. Er wollte es schon zur Seite legen, als sein Blick auf ein Foto fiel. Jagderfolge wurden vorgeführt, drei Jäger standen hinter den Wildschweinen, die sie erlegt hatten. Der eine war wohl der Jagdpächter und nicht aus dem Dorf, denn der Name war ihm unbekannt, aber der rechte Mann auf dem Foto war Delp junior. Er erkannte in ihm den Jäger, der Theo bedroht hatte, nahm das Blatt, steckte es in die Tasche. Oben in seinem Zimmer riss er das Foto heraus, rief Anne an und sagte ihr, was geschehen war.

Sie verstummte. Erst als er sein Misstrauen über das Geständnis äußerte und ihr erklärte, er fahre jetzt gleich noch einmal in die Stadt, fand sie die Sprache wieder und bat ihn, sofort nach seiner Rückkehr zu ihr zu kommen.

»Morgen ziehe ich um«, sagte er ihr zum Abschluss des Gesprächs, »du kannst mein Zimmer schon herrichten.«

»Das habe ich längst gemacht«, gab sie zur Antwort, und er hatte das auch so erwartet.

Im Vorbeigehen fragte ihn der Wirt, ob er das Zimmer behalten wolle, der Fall sei nun wohl geklärt.

»Ich bleibe nur noch eine Nacht«, antwortete er ihm. Dass er zu Anne ziehen würde, behielt er für sich. Es war ihm recht, wenn die Leute im Dorf glaubten, er hielte den Fall für abgeschlossen.

Der Weg des Busses in die Stadt führte aus den sanften Hügeln heraus, das Blau der Wälder verschwand mit ihnen. Die Felder wurden nicht nur flach, sie waren größer in den Abgrenzungen und nahezu kerzengerade gezogen. Supermarkt, Baumarkt und Tankstelle markierten die Stadteinfahrt. Er hatte wenige Blicke für sie übrig. Sein Weg führte direkt in das Jagdgeschäft und zu dem Fachmann für Pfeifen. Er legte ihm das Zeitungsbild vor, hielt seinen alten Ausweis daneben, wohl wissend, der überraschte Mann würde in seiner Aufregung nicht erkennen, dass er abgelaufen war, und fragte energisch: »Ist das der Pfeifenkäufer?«

Als der Mann zögerte, schob er den Satz hinterher: »Sie müssen es wissen, schließlich hat er ein ganzes Sortiment von Pfeifen gekauft. Das ist bestimmt nicht allzuoft der Fall! Also, was ist?«

»Ja, das ist ein guter Kunde, ein Jäger aus Hinterhimmelsbach. Er wollte von allen Pfeifensorten eine haben, und – mir fällt ein – er fragte mich, ob man auch Signale damit nachahmen könne.«

»Sie erkennen ihn eindeutig?«

»Ja!«

»Dann machen wir ein kleines Protokoll.«

Er setzte den Sachverhalt auf, notierte nachdrücklich die Frage Delp juniors nach Signalen und dem sie Nachpfeifenkönnen, ließ den Verkäufer den Text durchlesen und unterschreiben. Dann ging er in eine Kopieranstalt, machte Kopien, schickte sie mit einem kurzen Vermerk an die Kripo und nahm den Bus zurück.

Nun fuhr er auf die Hügellandschaft zu, sah die Waldkuppen größer werden und blauer in der Ferne und grüner in der Nähe. Es kam ihm fast so vor, als führe er nach Hause. Dieses Gefühl war angenehm. Er wusste: Er wurde gebraucht, er hatte ein Ziel und eine notwendige Tätigkeit. Aber es störte ihn auch, weil er von Kindesbeinen an den Begriff Heimat als gefährdeten Ort und als Ort der Entbehrungen kennengelernt hatte. Er nahm sich vor, den Fall so schnell wie möglich zu lösen, um wieder in die innerlich und äußerlich unaufgeregte Anonymität seiner Stadtwohnung zurückkehren zu können. Keine Erinnerungen mehr an früher, nahm er sich vor, auch nicht die, als er mit seinem Vater oben im Wald den Weg zur

Stadt lief, weil es keine Verkehrsmittel gab, und nichts in der Tasche hatte als ungeschälte kalte Kartoffeln. Sie mussten als Proviant ausreichen. Sein Vater wollte unbedingt wieder Stadtluft in die Lungen ziehen und einen Vorrat davon mit zurücknehmen, um es in Hinterhimmmelsbach wieder eine Zeitlang aushalten zu können.

Noch fühlte er sich Anne und der Lösung des Falles verpflichtet. Die Untersuchung abzubrechen und mit dem Geständnis des alten Delp zufrieden zu sein, kam nicht in Frage.

Er stieg eine Station vor Hinterhimmelsbach aus und lief über den Waldhügel, hinter dem das Dorf in einem Taleinschnitt lag, auf Wegen, die er kannte, in den späten Nachmittag hinein. Er lauschte dem Rauschen der Laubkronen und Geräuschen von Tieren, die vor ihm wegrannten, ohne dass er sie zu sehen bekam. Einmal konnte er flüchtig das helle Frühlingsbraun eines Rehs in weiten Sprüngen davonhuschen sehen. An einer Stelle glimmerte am Wegrand Katzengold. Damals hatte er es gesammelt und für kostbar gehalten. So bückte er sich, hob einen Stein mit Glimmereinschluss auf und steckte ihn in die Tasche.

Er sah die Schatten länger werden und den Abend wie einen grauen Schleier von den Wiesen her über den Waldboden kriechen. Der

Weg wurde dunkel, seine Füße mussten ohne die Augen auskommen und Unebenheiten durch Balancieren ausgleichen. In Kopfhöhe reichte die Helligkeit noch, um dort, wo Wege sich verzweigten, den richtigen zu wählen. Nur einmal geriet er auf einen Holzweg, erkannte ihn aber an den Felsformationen, die sich unvermittelt im Wald auftürmten. Er hatte sie als Junge beklettert, einen Fuchsbau in Erd- und Felsspalten entdeckt und Stunden verharrt, bis er die Füchsin kommen sah. Hatte auf diesem Weg bei Dunkelheit in seiner Nähe Schüsse fallen hören, wahrscheinlich von Wilderern, war in plötzlicher Angst bergab in die Dunkelheit hineingerannt, ohne auf den Weg oder Hindernisse zu achten, und mit zerschundenen Beinen am Waldrand angekommen. Sein Herz hatte gegen die Brust gehämmert und den Hals hinauf, als wollte es heraus aus seinem Brustgefängnis, und hatte sich erst beruhigt, als er im sicheren Schatten der ersten Höfe langsamer ging. Er kehrte um und wusste nun wieder, welcher Weg ins Dorf führte.

Nach dem Ritual Mantel ausziehen, Hände waschen, Notizen aus den Taschen kramen und zurechtlegen ging er in die Gaststube, bestellte wie üblich eine Hausmacherwurstplatte. Der Weg hatte ihn hungrig gemacht, und er liebte die derbe und stark würzige Bauernwurst, auch wenn sie ihm schwer im Magen lag. Ein klarer Schnaps nach dem Essen würde Abhilfe schaffen.

Während er aß, füllte sich die Gaststube. Es kamen mehr Dörfler als sonst. Sie saßen an den Tischen, stumm ihr Bier trinkend, und er hatte das Empfinden, sie würden ihn anstarren, auch wenn sie seinem Blick sofort auswichen, wenn er sie ansah.

Er versuchte, Gesichter zu erkennen. Viele waren älter als er. Oder sie wirkten nur so. Den einen meinte er vom Treibballspielen her zu kennen. Einen anderen erkannte er, weil er sich an eine Begebenheit erinnerte, die ihn nachhaltig beschäftigt hatte. Bei einem seiner Waldläufe kam er am Bach entlang durch die Felder, die vor dem Dorf lagen. Er sah schon von weither zwei Männer drohend voreinander stehen, er hörte Wortfetzen, die ebenso drohend klangen, sah, wie sie sich aufeinanderstürzten und miteinander rangen. Als er näher kam, erkannte er, dass der eine den anderen unter sich liegen hatte und ihm die Kehle zudrückte. Der stampfte mit den Füßen im Klee und versuchte die Hände an seinem Hals zu lockern. Als der obenauf Sitzende ihn kommen sah, ließ er los, nahm seine Sense und lief zum Dorf. Der andere erhob sich, versuchte zu sprechen, doch er war durch das Würgen heiser geworden. Die beiden waren sich beim Kleefuttermachen in die Quere gekommen, weil jeder vom anderen behauptete, er hätte in sein Feld hineingemäht. Der, der bei dieser Auseinandersetzung die Oberhand gewonnen hatte, saß zwei Tische von Buttmei entfernt.

Der junge Delp war da. Der alte Beilstein. Sein Ausschauen nach bekannten Gesichtern wurde unterbrochen. Die Unruhe in der Gaststube wuchs: Brunhilde betrat den Raum. Er wusste sofort, dass sie es war, obwohl er sie nie zuvor gesehen hatte. Lange blonde Haare, Stirnband, schmale Figur. Sie musste es sein. Das bestätigte sich im nächsten Augenblick. Sie kam direkt auf ihn zu, setzte sich zu ihm an den Tisch, starrte ihn an.

Attacke, dachte er.

Sie sprang mit einem Redeschwall direkt in sein Gesicht.

»Gut, dass sie nicht spuckt«, sagte er noch zu sich selbst, dann hörte er aufmerksam zu.

»Sie sollten aufhören, uns nachzustellen!« Das war der Kernsatz ihrer zornigen Ansprache.

Buttmei konstatierte: Eigentlich bist du sogar in deiner Wut und mit deinem geröteten Gesicht ein hübsches Mädchen. Du siehst aus, als könntest du keiner Fliege was zu Leide tun. Laut sagte er: »Und der, den ihr umgebracht habt?«

»Warum kam der auch täglich ins Dorf? Warum fühlte er täglich am Gemeindehaus die Wand ab, ob wir schon eine Gedenktafel angebracht hätten? Und warum kam er täglich vor unsere Häuser, kam und rief unsere Namen?«

»Das gab Ihnen das Recht, ihn zu ermorden?«

»Wir haben ihn nicht angerührt. Ich nicht, der Georg nicht.«

»Die Finger habt ihr euch nicht dreckig gemacht. Das macht die Tat in meinen Augen noch gemeiner.«

Trotzig sagte sie – und man sah ihr an, dass sie log: »Es war ein Unfall!«

»Und das Geständnis von Delp?«

Sie wiederholte: »Es war ein Unfall!«

Buttmeis »Nein!« klang scharf. Dein Großvater interessiert mich nicht. »Mich interessieren Webers Mörder! Und die werde ich kriegen, und sehr bald. Wer es auch immer gewesen ist, ich werde sie dem Gericht ausliefern, damit sie ihre verdiente Strafe erhalten. Mord ist Mord! Und Mord ist das schlimmste Verbrechen, dass Menschen begehen können. Und Sie, junge Frau, haben dabei mitgemacht!«

Rufe kamen gegen ihn: »Sie machen unser Dorf kaputt!« – »Was haben wir Ihnen getan?« – »Wir hätten Sie damals verhungern lassen können!« – »Was kriegen Sie eigentlich dafür?« – »Hauen Sie endlich ab hier!« Ein Satz war dabei, der ihn veranlasste aufzustehen und den Raum zu verlassen: »Schnüffler wie Sie sollte man vergasen!« Noch durch die verschlossene Tür – er vermied es, sie zuzuknallen – dröhnten die Rufe. Der Wirt kam ihm nachgelaufen und meinte, er müsse die Leute verstehen, aber es gebe auch viele im Dorf, die anders dächten.

»Dann sollten sie das Maul aufmachen«, erwiderte er und forderte die Rechnung für den kommenden Tag.

Sie wurde ihm zum Frühstück präsentiert, er zahlte, holte sein Gepäck, ließ sich vom Wirt in ein kurzes Gespräch verwickeln. Seine steinalte Mutter wollte ihm guten Tag sagen. Da sie das Zimmer nicht mehr verlassen konnte und Buttmeis Erregung über Nacht abgeklungen war, war er bereit, die Treppe hinaufzusteigen. Er mochte es nicht, wenn man ihm anmerkte, dass ihm etwas nahe ging.

Die Alte saß im Halbdunkel in einem aus Weiden geflochtenen Lehnstuhl, eingehüllt in Wolldecken. Ihr Kopf hing nach unten. Als er sich auf sie zu bewegte, hob sie ihn mühsam ein Stück.

»Da bist du ja. Schön, dass du zu mir gekommen bist.«

Er erkannte ihre Stimme. Sie hatte zu den Frauen im Dorf gehört, die auch für die Ausgebombten ein freundliches Wort übrig hatte, und ihm dann und wann etwas zu essen im Vorbeigehen in die Tasche gesteckt. Vor Weihnachten nahm sie ihn mit ins Haus. Die Kekse, die er sich aus einer Kommodenschublade hatte herausfischen dürfen, schmeckten zwar nach Mottenkugeln, aber sie sättigten. Er war froh, den Weg zu ihr auf sich genommen zu haben.

»Behüt dich Gott!« rief sie ihm noch nach.

Er zog in Annes Haus ein. Sie hatte schon von einer der Frauen im Dorf, die Kontakt zu ihr hielten, erfahren, was sich in der Wirtsstube ereignet hatte. Sein Zimmer lag ebenfalls im ersten Stock. Im Parterre gab es nur Küche, Kaminstube und Archiv. Statt eines Geländers war ein derber Strick an der Wand angebracht. An ihm konnte er sich hochziehen und seine Knie entlasten. Es war ein kleines Zimmer, die Dachschräge zog sich über gut ein Drittel des Raumes. Er liebte schräge Wände, in die das Fenster wie in einem Schacht eingebaut werden musste, fand sie gemütlich. Er liebte die Holzverkleidungen an der Decke und der geraden Innenwand. Sobald die Sonne schien, verströmten sie den Geruch von Fichtenharz. Der Blick reichte unverstellt über die Felder und zu dem bewaldeten Hügel hinauf. Unter sich erkannte er das Schuppendach. Die Schmierseife fiel ihm ein. Er hatte vergessen, es Anne vorzuschlagen, und nun war es wohl nicht mehr nötig.

Theo kam zwar mit ihm die Treppe herauf und schien den Kopf zu schütteln, wenn er ächzte. Er konnte nicht wissen, dass Buttmei nicht so sehr wegen der Knieschmerzen ächzte, sondern um sich abzulenken, bevor es wehtat. Ein vorbeugendes Ächzen. Doch Theo machte nicht den Eindruck, als wollte er hier oben einziehen. Er hatte sich an die Kaminekke gewöhnt. Nach kurzem Nachdenken fand es auch sein Besitzer besser, ihn dort unten zu lassen. Wenn es noch einen Versuch geben sollte, in das Haus einzudringen, würde Theo rascher aufmerksam werden und ihn und Anne durch Bellen wecken. Er nickte ihm zu, Theo verstand und trottete wieder die Treppe hinunter.

Nachdem Buttmei sich eingerichtet hatte, stieg er ebenfalls die Treppe wieder hinunter, legte Theo die Leine an und unternahm mit ihm einen Spaziergang in die Felder, damit er sich ihm nicht ganz entwöhnte. Theo meuterte gegen die Leine, doch dieses Mal gab er nicht nach, um niemandem einen Vorwand zu liefern, ihn zu attackieren oder gar danebenzuschießen und aus Versehen ihn, den Schnüffler, zu treffen. Er hielt lange Zwiesprache mit seinem Hund, als wollte er alle Vernachlässigungen aufholen.

In der Nähe des Hauses machte er die Leine los und warf Stöcke. Ein Spiel, das Theo aus Parks oder vom Flussufer kannte und außerordentlich liebte. Er war unermüdlich im Losrennen, Stockschnappen, Stock-heftig-Schütteln und -Zurückbringen, um sofort wieder Startlöcher zu scharren und konzentriert auf Stock und Hand zu blicken, bis der nächste Wurf kam. Scheinwürfe gehörten zum Spiel, dann bellte er und sprang an seinem Herrn hoch, als wollte er sich den Stock holen. Auch Täuschungsmanöver, nach denen der Stock in eine andere als die erwartete Richtung flog, liebte er, dann raste er mit flatternden Ohren besonders schnell hinterher, und Buttmei hatte den Eindruck, als strecke er heimlich die krummen Beine, um schneller zu sein.

Nach Mittagsmahl und Mittagsschlaf bewegte sich Buttmei ohne Theo zur Ampel. Er hatte vorher allerlei Gegenstände im Haus gesammelt: Pappen, Stricknadeln, Plastikstücke, kleine Holzstücke, was er eben so fand. Er versuchte sie hinter die Schaltfläche zu schieben, um sie zu blockieren. Dabei kam er ins Schwitzen. Die Schlitze ringsherum waren dünn, und das, was er hineinzustecken versuchte, rutschte immer wieder ab. Aber er war nicht der Mensch, um aufzugeben. So fluchte er leise vor sich hin, nahm sogar die Pfeife aus dem Mund und zog und schob und bog. Schließlich passten zwei Haarnadeln. Als sie rechts und links wenige Millimeter tief in den Auskerbungen feststeckten, ließ sich die Ampel nicht mehr schalten. So könnte es gewesen sein. Weber hatte gedrückt, ohne zu merken, dass die Schaltfläche nicht genug nachgab. Wie Anne ihm berichtet hatte, musste ihr Vater öfter noch einmal zur Ampel zurück und nachdrücken, weil er es im Vorbeigehen zu flüchtig getan hatte. Als der Ampelton kam, war er überzeugt, ihn ausgelöst zu haben, und lief los. Brunhilde brauchte nur zur Ampel zu springen, die beiden Haarnadeln wieder herauszuziehen und schon schien der perfekte Mord gelungen.

Plötzlich fühlte er sich beobachtet. Er hob den Kopf, drehte sich um. Brunhilde. Er zupfte den Mantel zurecht und strich sich über das

Haar. Sie kam auf ihn zu. Er nahm an, dass sie ihn beobachtet hatte.

Sie bestätigte es mit der Bemerkung: »Sie haben es herausgefunden.«

Er brauchte nur zu nicken.

Sie schwieg einen Moment auf die typische Art eines Sprechers, der etwas sagen wollte, aber nicht wusste, wie er es anfangen sollte. Buttmei wartete. Dann kam es zögernd zum Vorschein.

»Was kann ich tun, damit Sie Ihr Wissen für sich behalten?«

Er machte es spannend: »Was könnte ich verlangen?«

»Geld?«

Er schüttelte den Kopf und sah sie an, wie sie vor ihm stand. Verlegen, die Schultern unsicher gekrümmt und trotzdem eine schöne junge Frau. Was hatte sie auf dem Dorf gehalten? Der Besitz? Bauernhöfe waren eher eine Last geworden, denn wer wollte noch so schuften, wie es bei Höfen dieser Größe nötig war. Die Gewohnheit? Die Liebe zu Georg? War die auch der Grund für ihre Mittäterschaft?

Ein Satz, der ihn aufhorchen ließ und sogar bis zur Sprachlosigkeit verblüffte, schnitt seine Überlegungen ab.

»Ich werde mit Ihnen schlafen?« Sie öffnete die Jacke und fing an, ihre Bluse aufzuknöpfen.

Als er sich von seiner Überraschung befreit hatte und von der Meinung, sie müsse verrückt geworden sein, ihm ein solches Angebot zu machen und mitten in freiem und einsichtigem Gelände die Bluse zu ihrem durchaus gut gewachsenen Busen aufzunesteln, antwortete er ihr mit einem Satz, der zu seiner eigenen nachträglichen Verwunderung müde klang: »Mädchen, lass das, ich bin ein alter Mann.«

»Sind Sie denn gar nicht zu bestechen?«

»Einer wie ich macht sich nicht viel aus Geld und Macht über andere. Das mag zwar Einfalt sein, und ich weiß nicht, ob du es verstehst; ich bin auf meine ganz eigene Weise moralisch. Sonst hätte ich diesen Beruf nicht lange ausüben können.«

Sie konnte mit diesen Worten offensichtlich wenig anfangen. Nach einer Pause schlug sie ihm vor, doch wenigstens mit dem Geständnis des alten Delp zufrieden zu sein.

Er sagte nicht ja und nicht nein.

Sie drehte sich um, wollte weggehen, sprang ihn plötzlich an und trommelte mit beiden Fäusten so lange gegen seine Brust, bis er sie so fest packte, dass sie die Arme nicht mehr bewegen konnte. Ihre aufgerissenen blaugrauen Augen befanden sich dicht vor seinen eigenen.

»Du hast hübsche Augen«, sagte er zur ihr und ließ sie los.

Sie stand vor ihm und senkte die Augen. Er schaltete ihr die Fußgängerampel auf Grün, sie überquerte die Straße und verschwand im Dorf. Sie ging langsam, die Schultern schienen auf die Beine zu drücken.

Das hättest du dir überlegen müssen, bevor du bei dem Mord mitgewirkt hast, dachte er hinter ihr her.

Er kehrte in Annes Haus zurück, berichtete ihr von seiner Entdeckung und zeigte ihr die beiden Haarnadeln. Von seiner Begegnung mit Brunhilde sagte er kein Wort. Erst als sie nach dem Essen gemütlich in den Ledersesseln saßen und vor ihnen der Wein in den Gläsern funkelte – dieses Mal war ein roter Burgunder, und der war so gut, vor allem mit einem langen und nach Brombeeren schmeckenden Abgang, dass er die Pfeife wieder weglegte –, fing er laut zu denken an und erkannte an Annes Gesicht, dass sie Wort für Wort aufnahm.

»Soll man wirklich diese Bauern noch zur Rechenschaft ziehen? Haben sie nicht getan, was viele getan haben? Schnelles Geld ist eine Verführung, der viele erliegen. Und wem bringt es noch etwas? Wahrscheinlich haben sie sowieso schon ihren Krebs in den Lungen«.

Sie sah ihn entsetzt an: »Wie kannst du Mitleid mit denen haben?«

»Es sind normale Menschen. Und ob sie uns unsympathisch sind oder nicht – die Fähigkeit eines Menschen, einen Mord zu begehen, ist nicht am Äußeren eines Menschen erkennbar. Wenn ich, aus Langeweile zappend, einen Krimi finde und mir ansehe und an den bösen oder kalten oder schmierigen Gesichtern der Schauspieler, die die Bösewichte spielen, sofort erkenne, wer am Schluss der Täter gewesen sein wird, ärgere ich mich. Oft sind es die Umstände, die den einen zum Täter werden lassen und den anderen nicht.«

»Ich will nicht darüber nachdenken, ob die Mörder meines Vaters normale oder anormale Menschen sind! Ich habe ihn von Autokühlern zerschmettert gesehen! Wie ein schrecklich verstümmelter Fremder lag er da! Aber ich wollte ihn sehen, und man hat ihn mir gezeigt! Die das getan haben, wussten, was sie tun! Nun sollen sie die Folgen tragen!«

Er sah direkt die Ausrufezeichen hinter ihren Sätzen und konnte ihr nicht widersprechen. Auch er hielt nichts von Toleranz gegenüber Intoleranten. Die fassten es in der Regel als Schwäche auf und nutzten es zu ihrem Vorteil.

So brach er durch sein Schweigen die Diskussion mit Anne ab.

»Wie wirst du nun vorgehen?« fragte sie nach einer Zeit des Schweigens, in der man nur das leise Schnarchen Theos und das Ticken der Wanduhr gehört hatte.

»Ich weiß es noch nicht. Aber morgen werde ich es wissen.«

Buttmei ahnte nicht, was sich an diesem Abend in einem Nebenzimmer der Gaststätte abspielte. Er hätte es auch nie erfahren, wenn es Anne nicht zugetragen worden wäre. Sie erzählte es ihm ausführlich und wohl auch ausschmückend, als wäre sie dabei gewesen: im Krankenhaus an seinem Bett, als er wieder auf dem Weg der Genesung war. Seine Frage, ob der Zuträger als Zeuge aussagen und wiederholen würde, was in der Gaststube geäußert wurde, verneinte sie.

Dort saßen die Betroffenen und ihre Sympathisanten. Es war das Zimmer des Jägervereins. Über den Köpfen der Männer – Brunhilde war die einzige Frau in dieser Versammlung – hingen die Jagdtrophäen. Ausgestopfte Rehbockköpfe mit den Geweihen vom einjährigen Spießer bis zum alten Bock mit mehreren Verzweigungen im Gehörn. Das weit ausladende vielendige Hirschgeweih in deren Mitte stammte noch aus der Vorkriegszeit. An der zweiten Wand hingen die ausgestopften Raubvögel: Bussard, Habicht, Milan. An der dritten Wand reihten sich Wildschweinköpfe mit krummen Hauern, die sie fletschten, als könnten sie noch zustoßen. Die vierte Wand war die Fensterwand. Sie hatten die Vorhänge zugezogen, als könnte sich Buttmei draußen hinstellen und zu ihnen hereinspähen. Die Tür zur Wirtschaft hielten sie geschlossen und ließen nur die Bedienung herein, wenn ihre Gläser leer waren. An der Decke hing blaugrauer Rauch aus Zigaretten, Zigarren und Pfeifen.

Gegenstand ihres Gesprächs war das eine Thema: wie sie diesen Schnüffler loswerden konnten. Als einer vorschlug, sie sollten ihn alle gemeinsam einfach wie einen räudigen Hund erschlagen, dann könnte keiner den Mörder herausdeuten, waren die meisten nicht dazu bereit, Hand anzulegen. Zuschauen und das Maul halten oder noch lieber wegschauen und nichts wissen, das wollten sie gerne tun, aber nicht sich in Gefahr bringen. »Hinter uns ist er ja schließlich nicht her«, sagte einer von denen laut.

Annes Haus anzünden und die beiden verbrennen lassen. Den Gedanken erwogen sie hin und her, Brunhilde hatte ihn geäußert. Aber da waren wiederum einige, die nicht einverstanden waren, Anne umzubringen. »Den Mann ja, die Frau nicht«, hieß es bei ihnen. »Wir sind keine Unmenschen!«

Einen Mörder kaufen? Der Vorschlag wurde heftig diskutiert. Aber sie vermuteten, das könnte zuerst herauskommen, auch könnte ein bezahlter Täter sie immer wieder erpressen. »Das ist unsere Sache!«

Schließlich, als sie ratlos saßen und die ersten sich anschickten zu gehen, sagte der alte Delp: »Das ist meine Sache! Wenn die mich sowieso einsperren, kann ich auch einen Unfall für den Schnüffler inszenieren. Mir wird schon was einfallen.«

Alle, die sich verabschiedeten, klopften ihm auf die Schulter. Sie waren raus aus der Sache. Er würde es schon machen. Nur die Delps und Beilsteins blieben zurück. Sie wussten oder hätten wissen können, dass es an ihnen hängenbleiben würde. Sie waren die Betroffenen. Das einzige, worauf sie hoffen konnten, war das Schweigen der anderen. Sie gingen schließlich mit schweren Beinen und stumm in ihre Höfe zurück. Vier Schatten in der schwach beleuchteten Dorfstraße: weißhaarig, aber immer noch hochgewachsen, im Alter wieder schmal geworden; breitschultrig und mit kräftigem und nun trotzigem Gang der junge Delp. Brunhilde duckte sich in seinen Schatten.

Im Morgengrauen fuhr der alte Delp den Traktor mit Anhänger aus dem Dorf und über die Ampel in die Felder jenseits von Anne Webers Haus. Auf der Anhöhe unter dem Waldrand koppelte er den Anhänger ab, beschäftigte sich, in dem er aus einem Holzstoß ein paar Scheite auf den Wagen lud, und starrte zwischendurch zum Haus hinunter. Er wurde auf die Folter gespannt, denn Buttmei schlief sich aus, frühstückte ausgiebig bei Anne in der Küche. Erst dann legte er Theo die Leine an und spazierte in die Felder.

Delp startete den Traktor und holperte langsam den Feldweg hinunter. Buttmei hörte das Motorengeräusch, sah den Traktor kommen, ging zur Seite, zog den Hund heran und wartete, dass das Fahrzeug vorbeifuhr. Als Theo an der Leine riss und er den Blick wieder hob, merkte er: Der Traktor war nicht nur schneller geworden, sondern fuhr auch von der Mitte des Weges weg und direkt auf ihn zu. Er machte einen Schritt zurück, stolperte nach hinten über die Erdschollen des Ackerrandes, fiel, versuchte sich noch zu drehen, spürte den Aufprall gegen die Vorderachse des Traktors und wurde ohnmächtig.

Anne hörte im Haus Theos lautes Jaulen. Da er von der Leine festgehalten wurde, fuhr das eine Traktorenrad über seinen dünnen Schwanz. Sie rannte sofort nach draußen und den Feldweg hoch auf die Stelle zu, an der Theo sein Klagelied sang. Als Delp sie kommen sah, setzte er den Traktor in die Wegmitte zurück und polterte an ihr vorbei dem Dorf zu.

Sie beugte sich über den ohnmächtigen Buttmei. Er lebte, sie sah es an seinem Atem. Dann befreite sie Theo von der Leine. Er kroch winselnd im Kreis und versuchte seinen Schwanz zu lecken. Einen Moment stand sie ratlos, dann rannte sie zum Haus und telefonierte einen Rettungswagen herbei. Sie kehrte zu Buttmei zurück. Der lag fast regungslos. Nur manchmal schien es so, als zuckte er. Theo winselte immer noch und drehte sich seinem Schwanz hinterher. Mit einer Hand fühlte sie an Buttmeis Hals, ob sein Puls schlug, mit der anderen versuchte sie, Theo zu beruhigen.

Es dauerte eine Ewigkeit, bis sie von der Autostraße zuerst das Martinshorn hörte, dann das Blaulicht sah. Der Wagen fuhr unmittelbar zu ihr herauf. Die weißgekleideten Männer sprangen heraus und untersuchten den Verletzten, dann hoben sie ihn auf eine Trage, schoben ihn in den Wagen und setzten dort ihre

Untersuchungen fort. Sie stand und wartete. Theos Klagelied war leiser geworden.

Nach einer weiteren Ewigkeit streckte einer der Männer den Kopf aus dem Wagen und rief ihr zu: »Starke Prellungen an Oberarm und Schulter, wahrscheinlich auch ein Schlag gegen den Kopf und eine Gehirnerschütterung. Ob innere Verletzungen vorliegen, können wir nicht feststellen. Das kann erst das Röntgenbild zeigen. Wir haben ihm eine Beruhigungsspritze gegeben. Er wird erst in der Klinik wieder zu sich kommen.« Er nannte noch das Krankenhaus, in das sie den Patienten brächten, dann fuhr der Wagen rückwärts den Feldweg hinunter, drehte am Haus und fuhr davon.

Anne nahm Theo auf den Arm. Der ließ sich hängen, so dass sie sein ganzes Gewicht spürte. Im Haus machte sie einen kühlenden Verband um den Schwanz und legte Theo auf seine Schlafdecke. Dort schlief er erschöpft ein. Nur hin und wieder ein leises Winseln und ein Zucken verrieten, wie sehr ihn der Vorfall bis in den Schlaf verfolgte.

Die ersten Anrufe kamen aus dem Dorf und nicht, wie gehofft, aus dem Kreiskrankenhaus. Frauen, die mit Anne Kontakt hielten, wollten wissen, ob es zutreffe, dass der alte Delp den

Kommissar totgefahren und danach Fahrerflucht begangen habe.

Sie antwortete erregt und teilte den Anruferinnen mit, Delp habe nun auch noch Philipp Buttmei umgebracht. Kaum hatte sie aufgelegt, wunderte sie sich über ihre spontane Irreführung. Noch stand nicht fest, ob die Verletzungen lebensgefährlich waren. War es ihre Erregung, wollte sie in Ruhe gelassen werden, wollte sie Buttmei vor weiteren Attacken schützen?

Endlich kam der Anruf aus der Klinik. Sie hatte dort einen ihr bekannten Arzt um Nachricht gebeten. Er war es auch, der sie zurückrief und ihr mitteilte, dass keine lebensgefährlichen Verletzungen vorlägen, Oberarm und Schulter hätten den Schlag abgefangen, die Gehirnerschütterung sei von leichter Natur, allerdings würde es ein paar Tage dauern, bis der Patient sich wieder bewegen könnte, die Prellungen seien schmerzhaft und würden ihre Zeit brauchen. Jetzt hätten sie ihn schlafen gelegt.

Sie erläuterte Dr. Hernau in Stichworten die Hintergründe und bat, keine Mitteilungen über Buttmeis Zustand weiterzugeben. Die Polizei sei zwar war mit Sicherheit schon informiert, aber da er schlafe, könne man sie auch noch ein wenig hinhalten. Er war einverstanden.

Auch bei den Polizisten, die sehr schnell kamen, weil sie von den Notärzten pflichtgemäß informiert worden waren, sprach sie von Mord und nannte den Täter. Daraufhin begab sich die Besatzung des Streifenwagens zum Tatort, nahm die Spuren auf. Außer den Abdrücken am Wegrand und Buttmeis Pfeife fanden sie wenig. Sie ließen Anne ein Kurzprotokoll unterschreiben und fuhren ins Dorf zu der von ihr benannten Adresse des Delpschen Hofes. Sie hielten sich lange bei Delp auf, verhörten ihn und fotografierten den Traktor, nachdem sie ihn gründlich untersucht hatten. Warum sie ihn nicht verhafteten, erfuhr sie durch Buttmei, nachdem die Polizisten auch bei ihm gewesen waren.

Nach einer unruhigen Nacht teilte ihr Dr. Hernau mit, sie könne am Nachmittag den Patienten besuchen. Er habe zwar Telefon am Bett, sei aber noch zu benommen, um den Apparat zu handhaben. Sie fuhr mit dem Fahrrad über die Hügel in das der Kreisstadt näherliegende Dorf und bestieg erst dort den Bus, weil sie in Hinterhimmelsbach nicht gesehen werden wollte.

Die Klinik roch so, wie sie es von früheren Besuchen in Erinnerung hatte, nach Putz- und Desinfektionsmitteln. Der lange Gang verwirrte sie, weil mehrere Betten an der Wand standen, weiß und frisch bezogen und mit Plastikfolie abgedeckt. In einem Bett stöhnte eine mit Binden verwickelte Mumie und wartete darauf, in ein Zimmer gefahren zu werden. Sie überwand ihre Ängste und sah genau hin. Er war es nicht. Die Türen wirkten einheitlich in Form und Farbe. Sie musste suchen, welches das Zimmer sein könnte, und wanderte buchstabierend von Ziffern zu Ziffern, bis sie davor stand. Unter der Zimmernummer las sie in kleinen Buchstaben den Namen Philipp Buttmei. Sie klopfte und trat ein.

Er lächelte ihr entgegen, etwas verkrampft, weil die eine Gesichtsseite geschwollen war. Als er sich aufzurichten versuchte, stöhnte er vor Schmerzen und gab es auf. Er lebte – das war zunächst das Wichtigste. Nach seinen ersten etwas kehlig gesprochenen Sätzen wusste sie, dass sein Kopf keinen Schaden gelitten haben konnte. Er klagte, dass sie ihm die Pfeife weggenommen hätten. Sie zog sie aus der Handtasche und zeigte sie ihm.

Ein Lächeln huschte über seine Augen. Dann deutete er mit der Nasenspitze auf den bandagierten linken Arm und murmelte: »Ich könnte sie nicht mal anzünden.«

»Wenn du wieder rauchen darfst, werde ich es für dich tun«, versprach Anne. Dann erzählte sie ihm von den Telefonaten, von ihrer Aussage, er sei ermordet, vom Besuch der Polizei bei ihr und bei Delp.

Wieder versuchte er sich zu bewegen, wieder ächzte er und gab es auf. Seine Zufriedenheit mit Annes Aussage, derzufolge man ihn im Dorf für tot halten musste, gab er durch Mienenspiel zu erkennen. »Ich habe richtige Rachegefühle. Das werden die mir büßen müssen!«

»Nun ist es endgültig dein Fall«, war ihr Kommentar dazu.

Er bat sie um das Minzöl aus seiner Waschtasche gegen die Kopfschmerzen, denn er mochte das, was die Ärzte verschrieben, nicht nehmen. Früher trug er das Öl immer bei sich in der Jackentasche, dort, wo andere ihre Brille einsteckten. Er versuchte seit Jahren, die kleinen Beschwerden, die mit dem Älterwerden auftauchten, mit einfachen Mitteln selbst zu behandeln – Kopfschmerzen mit Minzöl und einem feuchten und kalten Waschlappen, die arthritischen Knie mit Arnikasalbe und alles andere mit vorbeugendem Rotweingenuss. Zum Arzt ging er einmal im Jahr, um sich gründlich untersuchen zu lassen. Es war ihm zwar immer bange, bei der Untersuchung könnte etwas Unangenehmes entdeckt werden. Aber bisher hatte die Eigentherapie ausgereicht, ernstliche Beschwerden von ihm fernzuhalten, und er wollte sie auch fortsetzen, sobald er der Klinik wieder entkommen war. Schließlich war es *sein* Körper und *sein* Schicksal. Wie Anne darüber dachte, wusste er nicht. Er konnte darüber auch nicht sprechen oder sinnieren. Erschöpfung oder die dämpfenden Medikamente, die man ihm eingeflößt hatte, übermannten ihn.

So ging sie wieder, denn sie merkte, wie sehr ihn der Besuch und die Versuche zu sprechen anstrengten, auch wollte sie nicht mit dem Fahrrad durch die Walddunkelheit, die früher kam als die Nacht, fahren. Sie verabschiedete sich und kehrte auf demselben Weg zurück, auf dem sie gekommen war.

Theo erwartete sie. Er war unruhig seit dem Unfall. Weniger wegen seines Schwanzes, der nicht mehr schmerzte. Die weiche Erde, in die er vom Traktorenrad gedrückt worden war, hatte wohl den Druck gemildert. Er spürte, dass mit Buttmei etwas geschehen war, und vermisste sein Erscheinen. Als Anne mit ihm sprach, beruhigte er sich, als wisse er nun, dass sein Herr wiederkommen würde.

Die nächsten Tage verliefen ähnlich. Theo pienzte hinter ihr her, wenn sie ging, und empfing sie mit einem Wedeln, als ginge eine Erdbeben durch seinen Körper.

Buttmei wurde Tag um Tag munterer. Sein kauziger Dickschädel hatte den Schlag weggesteckt. Er scherzte schon wieder darüber: »Noch so einen Schlag, und ich kann keine Garantie mehr für meine Verhaltensweisen übernehmen.«

Etwa nach einer Woche konnte ihm Anne jedoch Neuigkeiten berichten. Die zuständige Umweltschutzbehörde hatte nach ersten Stichproben den Steinbruch weiträumig absperren lassen. Die rotweißen Bänder flatterten im Wald zwischen Pfosten oder an Baumstämmen befestigt, und auf den Zugangswegen stand: »Betreten verboten!« Im Gespräch erfuhr Anne von den Beamten, dass erhebliche Mengen asbestverseuchter Matten und Platten gefunden worden waren, dass auch schon Ermittlungen liefen und bei mehreren Bauunternehmen in einem beträchtlichem Umkreis Durchsuchungen und Aktenbeschlagnahmungen stattgefunden hatten. Auch wurde ihr angedeutet, dass die Konten einiger Dorfbewohner überprüft wurden und man jetzt schon von beträchtliche Summen wüsste, die als Gewinne aus illegaler Entsorgung geflossen wären. Den zweiten Tag fuhren Speziallaster durch das Dorf den Berg hinauf und kamen mit dem in weiße Planen verpackten Müll zurück, um ihn zu Sonderdeponien zu transportieren. Die Bewohner von Hinterhimmelsbach standen in heller Aufregung auf der Straße und beobachteten jedes Fahrzeug auf seinem Weg zum Steinbruch.

Zur Verwunderung Annes kommentierte Buttmei den Bericht mit den Sätzen: »Asbest ist nicht mein Ding. Für solche Sauereien sind andere zuständig. Ich brauche einen Mordfall, und den habe ich nun.«

Seitdem das Schultergelenk in Bandagen steckte, hatte er keine größeren Schmerzen mehr. Er konnte und sollte das Bett verlassen und sich bewegen, um keine Thrombose zu kriegen. Das musste man ihm nicht zweimal sagen. Die Pfeife konnte er immer noch nicht anzünden, weil der linke Arm in einem weißen abgewinkelten Paket hochgebunden und unbeweglich war. Nur die Finger konnte er bewegen. So saß er, wenn Anne kam, auf einer Bank im Klinikgarten, ließ sich unmittelbar nach der Begrüßung die Pfeife von ihr anzünden und schmauchte vergnügt vor sich hin. Über den Fall sprachen sie an diesen Tagen nicht.

Sie sprachen über das Wetter, über Theo, über Musik – sie hatte ihm den Kassettenrekorder mitgebracht und einen Stoß Kassetten dazu, alle Streichquartette Beethovens, schwere Kost, doch Stücke, die ihn packen, in die

Musik hineinziehen. Der ›Heilige Dankgesang eines Genesenen an die Gottheit in der lydischen Tonart‹ aus Opus 132 stand sowieso auf seiner Wunschliste für die eigene Trauerfeier, falls überhaupt jemand kommen würde, um zuzuhören. Sie sprachen über die Rotweinsorte, die sie mitgebracht hatte und einschenkte, nachdem sie ihn in das Zimmer zurückbegleitet hatte. Dafür hatte sie ein stabiles Weinglas ausgesucht, dass er nach dem Genuss in seiner Nachttischschublade verschwinden lassen konnte. Da ihm die Klinikkost nicht mehr schmeckte wegen ihrer Ungewürztheit und den Wiederholungen, versorgte sie ihn mit deftiger Wurst und Käse und Bauernbrot, die sie auf dem Weg besorgte. Sie brachte auch nach seinem Geschmack guten Kaffee in einer Thermoskanne mit. Er wurde rundum von ihr verwöhnt und genoss es, auch wenn der Preis dafür sein Klinikaufenthalt war. Nur als sie meinte: »Du hast die gleichen Augen wie Theo«, schluckte er und war sich nicht sicher, wie er die Bemerkung einordnen sollte. Aber er beschloss, sie als gut gemeint einzustufen und zu vergessen.

Inzwischen hatte die Polizei auch ihn aufgesucht und ein Unfallprotokoll aufgenommen. Da er, ohne drumherumzureden, von einem Anschlag gesprochen hatte, hatten sie die Kripo informiert. Deren Vertreter würden mit dem Protokoll im Delpschen Hof auftauchen oder ihn in die Stadt bestellen. Das bedeutete auch ein Ende des Versteckspieles. Das Dorf würde bald Hof für Hof wissen, dass Buttmei überlebt hatte. Bisher waren bei Anne noch keine neuen Telefonanfragen angekommen. Buttmei hatte allerdings mit den Kollegen vom Kommissariat telefoniert. Sie bestätigten die Asbestgeschichte und dass hohe Summen nach Hinterhimmelsbach geflossen waren. Gegen mehrere Personen würde ermittelt, da sie gegen einige Gesetze verstoßen hätten. Das könnte sie teuer zu stehen kommen. Die Beweislage war sicher, da Asbest nicht nur nicht brennbar wäre, sondern auch chemisch beständig. Die deponierten Teile waren also weder verfault noch korrodiert. Ob Gefängnisstrafen verhängt würden, könnte man nicht vorhersagen. Aber die Betroffenen wären auf jeden Fall ruiniert und könnten ihre Höfe verkaufen, wenn sie sie nicht bereits an die nächste Generation vererbt hätten. Von Mordversuch würden sie jedoch erst reden, wenn er seine Aussage gemacht und der Staatsanwalt sie überprüft hätte. Also würde Delp zunächst nicht mit dieser Anklage konfrontiert, sondern nur befragt werden; er, Buttmei, allerdings auch.

So hatte er es durchaus erwartet. Es entsprach seinen Erfahrungen. Zu Anne sagte er: Wenn es so laufe, wie er es sich vorstelle, werde es danach ganz schnell gehen, und er bat sie, bei ihrem nächsten Besuch alle wichtigen Unterlagen und auch die von ihm gemachten Niederschriften mitzubringen, damit er sich gründlich vorbreiten könne.

Von nun an sprachen sie wieder über ihren Fall. Er teilte ihr auch seine Überlegungen mit, die ihm durch den Kopf gewandert waren.

Ihn beschäftigte vor allem, wieso gerade die, mit denen er als Gleichaltrigen Kontakt gehabt hatte – und wenn es nur beim sommerabendlichen Treibball war –, solcher Taten fähig waren. Sie waren Kinder und Jugendliche wie er gewesen, mit Gedanken, wie er sie hatte. Was sie trennte, war sein ausgebranntes Lachen (von dem sie jedoch wenig merkten, denn er gab sich Mühe, mit ihnen zu lachen, auch wenn er sich seltsam dabei vorkam und die Lachmuskeln verkrampft reagierten) und sein Waldgängersein, über das sie sich wunderten, aber mehr auch nicht. Seine schnell erworbenen Kenntnisse von Tieren bis zu ihren Lauten und ihren Spuren imponierte ihnen. Die harte Arbeit, das Verharren im Umkreis des Dorfes und seiner Lebensgewohnheiten, der Umgang mit den

Alten hatte aus ihnen verschaffte, schweigsame und kaum über den Gemeinderand hinaus denkende Menschen gemacht. Ihre Gegenwart erschlug die Vergangenheit. Von Zukunft war wenig die Rede, und stets nur bis zur nächsten Aussaat oder Ernte. Das Nachkriegsschicksal ihrer Väter, für die sie sich doppelt krummlegen mussten, während sie im Internierungslager saßen, hatte sie darüber hinaus zu einer entpolitisierten Generation gemacht. Buttmei selbst hatte sich erst spät und mühsam selbst beigebracht, was in den zwölf Jahren deutscher Geschichte und unter der Herrschaft deutscher Unmenschen geschehen war. Die Kindheit schien zugedeckt mit Fliegeralarmen und der Ausbombung, die gründlich alles verschüttete, was er vor ihr erlebt hatte. Die Jugendzeit auf dem Dorf wurde zu einer Fluchtbewegung vor Menschen und ihrer Geschichte. So wuchs sein Bewusstsein erst allmählich. Fritz Weber förderte es mit seinen Berichten und Buchempfehlungen. Die Dorfbauern seiner Generation fanden die Wege zu einer solchen Bewältigung nicht. Sie wollten sich nicht erinnern und nicht erinnert werden.

In der Wirtschaft hatten sie ihn noch mit rauher Freundlichkeit begrüßt. Das war's dann auch. Er wusste nicht recht, was er mit ihrem Verhalten anfangen sollte. Wollten sie sich einfach raushalten? Hatten sie irgendwie mit der Sache zu tun? Oder waren sie der Meinung, die anderen und vor allem die Alten gingen sie nichts an? Dafür gab es Indizien aus der Dorfgeschichte. Leidtragende waren die Väter der jetzigen Großväter gewesen. Er erinnerte sich an ein Beispiel, das er mitbekommen hatte. Der eine Altbauer hatte so lange mit der Hofübergabe gezögert, bis er nicht einmal mehr die Kraft hatte, Stallarbeiten zu machen. Bei der Hofübergabe hatte er sich eine Kuh ausbedungen, die mitgefüttert wurde und deren Milch ihm gehören sollte. Als er mit seinen zittrigen Beinen den Stall nicht mehr erreichen konnte, band der Schwiegersohn mit Zustimmung der Tochter die Kuh so kurz an, dass sie nicht mehr an den Futtertrog herankam und elend einging.

Erlitten die Alten jeweils selbst das Schicksal, das sie zuvor ihren eigenen Alten zugefügt hatten? Hatten ihre Kinder es mitangesehen und weiter vererbt, wie man die Dorfsagen weitergab? War das der Grund für das Desinteresse? War es nur in Hinterhimmelsbach so? Er hatte keine zuverlässigen Erfahrungen mit anderen Dörfern und erinnerte sich nur an die mitleidigen Blicke, wenn ihn wer in der Kreisstadt gefragt hatte, wo er wohnte und er den Ortsnamen nannte. Aber wie passte das zu dem Zusammenhalt zwischen den Alten und den Jungen im Mordfall Weber? Ging es um das noch nicht überschriebene Erbe? Oder um in Sicherheit gebrachte Gelder?

Die Jungen wie Brunhilde waren in einem anderen Dorf aufgewachsen. Die Zugewanderten, die sesshaft werdenden Flüchtlinge, später die landhungrigen Städter, hatten mehr Lebenslust und damit auch andere Denkweisen mitgebracht. Der Wohlstand der sechziger Jahre führte zum Einbau von Bad und Toilette. Das Fernsehen, das in jeden Hof Einzug hielt, änderte die Lebensgewohnheiten bis hin zu den Einrichtungen und Kleidungen. Das Auto band Hinterhimmelsbach in das Umland ein. Reisen wurden unternommen. Während die Großvätergeneration gerade einmal bis ins nächste Städtchen kam und nur in der Militärzeit in andere Länder, fuhren die Jungen an Adria und Riviera, um Urlaub zu machen. Ihre Kinder besuchten die sogenannten besseren Schulen, die Höhere Bürgerschule, die in Gymnasium umgetauft wurde.

Wieso waren die Jungen, Georg und Brunhilde, bereit zu morden? Ging es nur um das Geld, den kleinen Luxus, den sie damit erworben hatten? Um die Erbschaft, die auf dem Spiel stand? Er fand keine Antworten.

Während er auf diese Weise in einer Auszeit lebte, soweit es seine Ermittlungen betraf, lebten die Betroffenen in Hinterhimmelsbach in Unruhe. Sie waren einerseits froh, nichts von Buttmei zu hören, und hofften darauf, nie mehr etwas von ihm zu hören. Andererseits hatte die Ruhe etwas Unheimliches. Sie wussten nun schon seit Tagen nicht, was geschehen würde. Würde die Polizei wiederkommen? Das mussten sie erwarten, denn die Traktorengeschichte würde auf jeden Fall weiterverfolgt werden und Folgen haben. Wann würde das geschehen, und was würde geschehen? Sie wussten nach wenigen wilden Spekulationen nicht einmal mehr, was sie vermuten sollten. So gingen vor allem die Hauptbetroffenen stumm und mit einem zögerlichen Kopfnicken aneinander vorbei, die anderen mieden den Kontakt zu ihnen. Das Dorfgasthaus leerte sich. Der Wirt war froh, wenn wenigstens die Zugezogenen kamen. Nur einmal war die Gaststube dicht gefüllt wie früher. Zu einem Fußball-Länderspiel kamen sie an sein größeres und mehr Sender empfangendes Farbfernsehgerät und tranken und schrien. Die Schreie wirkten hektischer und lauter als gewohnt; es war, als würden sie für diese neunzig Minuten alles herausbrüllen, was sie unter ihrem Schweigen vergraben hatten. Auch der knappe Sieg der deutschen Mannschaft änderte nichts daran, dass sie nach der Übertragung wieder schweigsam wurden, die Interviews noch anhörten, die Gläser leertranken und gingen.

Ihre stumme Unruhe steigerte sich noch, als sie beobachteten, dass die Kriminalpolizei zu Anne kam und dies sich zwei Tag lang wiederholte. Die Kripo stöberte in Fritz Webers Archiv und verließ das Haus nach drei Tagen mit Bündeln Papier unterm Arm Annes Haus. Jetzt wussten sie, was sie geahnt, aber sich nicht zugegeben hatte: Es würde nicht nur um Delps Fahrerflucht gehen; die Vergangenheit war im Begriff, Hinterhimmelsbach einzuholen und sich nicht mehr verdrängen zu lassen.

Anne, die in diesen drei Tagen im Haus bleiben musste, fand bei ihrer ersten darauffolgenden Fahrt ins Kreiskrankenhaus einen bis auf die Schulterbandagen unternehmungslustigen und gutgelaunten Buttmei vor. Er übte bereits Bewegungen im warmen Wasser des im Keller eingerichteten Bades. Mit der Hilfe Dr. Hernaus hatte er die Kripobesuche am Krankenbett, das längst zum Genesungsbett geworden war, hinausschieben können. Jetzt war er bereit, sie zu empfangen; ihr Besuch stand unmittelbar bevor.

»Wir bringen es zu Ende«, sagte er zu Anne.

Seine Zuversicht steckte sie an, sie spürte in sich Erleichterung. Mehr noch, es war in diesem Augenblick ein Gefühl der Befreiung, auch wenn der Abschluss des Falles noch bevorstand. Sie vertraute Buttmeis Urteil ohne Vorbehalte.

Er sah ihrem entspannten und sich verjüngenden Gesicht an, wie groß ihre Erleichterung war. Das machte auch ihn glücklich. Ihr frisches und unverkrampftes Lächeln war ein Lohn für ihn, mit dem er zufrieden war.

Philipp Buttmei straffte sich, streifte die sanftmütigen Gefühle ab, zog den Packen Notizen aus der Nachttischschublade – fast hätte er das Rotweinglas mit herausgezogen und heruntergeworfen – und legte sie für den Besuch der Kripo zurecht. Er hatte sie noch einmal gesichtet. Das Blättern mit einer Hand war ihm schwer gefallen, auch ergänzende Notizen, die er nur zustandebringen konnte, wenn er die Blätter mit dem Ellenbogen festklemmte, damit sie der Hand beim Schreiben nicht wegrutschten, hatte er nur mühsam und mit kritzeliger Schrift an die Ränder oder auf die Rückseiten geschrieben.

Als die beiden Beamten in Zivil das Krankenzimmer betraten, das eigentlich keines mehr war, verabschiedete sich Anne. Er begrüßte die Kollegen. Den einen kannte er noch aus seiner Dienstzeit, ein solider Ermittler, ein guter Verhörer und nicht aus der Ruhe und von den Spuren abzubringen. Für Mord und Mordversuch war das Stadtdezernat zuständig, für das er Jahrzehnte gearbeitet hatte. Wenn die älteren Kollegen Geburtstag feierten, wurde er eingeladen und ging auch nach Lust und Laune hin. So war der Kontakt nicht abgerissen und der Ton sehr kollegial.

Von einem Verhör, wie man es mit Opfern oder Zeugen üblicherweise führte, um wasserdichte Beweise zu erhalten, konnte keine Rede sein. Er breitete seine Unterlagen aus, zeigte sie Blatt für Blatt, erläuterte. Der Beamte, den er noch nicht kannte, protokollierte.

»Das müssen die Neuen also immer noch machen«, stellte er lächelnd fest und konnte es auch nicht lassen, auf das hinzuweisen, was ihm besonders wichtig war. »... das muss unbedingt ins Protokoll!«

Der Protokollant blieb geduldig. Wahrscheinlich hatte man ihn auf Buttmei und seinen besonderen Stil vorbereitet.

Während der Vernehmung erfuhr Buttmei, dass auch die beiden Autofahrer aufgesucht worden waren und ihre Zeugenaussagen gemacht hatten. Er berichtete von seinen Pfeifversuchen, von dem ersten Überfall auf ihn, vom Brand in Annes Haus, von den Haarnadeln und der Begegnung mit Brunhilde. Er erwähnte das Geständnis des alten Delp, das die Beamten kannten, aber nichts unternommen hatten, weil seine Zeugenaussage ausstand und er sie darüber hinaus gebeten hatte, ein paar Tage mit der Befragung des Geständigen zu warten. Er überreichte als Beweismittel die Pfeife, Kopien, die er im Archiv gemacht hatte, und die originalen Unterlagen, die sie bisher als Fax vorliegen hatten.

Dann kam eine Überraschung auf ihn zu. Der Wortführer berichtete ihm, die Untersuchung des Traktors hätte ergeben, die Bremsen waren schadhaft, und es war durchaus möglich, dass sie bei der Talfahrt versagten und es sich demnach um einen Unfall gehandelt haben könnte.

»Waren sie manipuliert?« fragte er.

»Das wissen wir nicht.«

»Habt ihr es untersucht?«

»Selbstverständlich. Aber wie sollen wir nachweisen, ob die Schrauben, die fehlten, herausgefallen waren oder nachträglich herausgeschraubt wurden? Die Gewinde sind verdreckt von Ackererde.«

»So wie der bergab an Anne vorbeigefahren ist und doch an der Ampel rechtzeitig anhalten konnte, glaube ich nicht an herausgefallene Schrauben.«

»Glauben oder nicht glauben, Herr Buttmei, das reicht nicht aus.«

»Weiß ich.«

»Sollen wir eine zweite Untersuchung vornehmen?«

»Die bringt nichts. Um den Anschlag auf mich geht es mir auch nicht. Ich wollte den Mord an Fritz Weber aufklären, und das ist mir, hoffe ich, gelungen.«

»Wie die Staatsanwälte und die Gerichte letztlich entscheiden werden, wissen wir nicht.«

»Das ist mir hinreichend bekannt.«

»Die Fahrerflucht ist beweisbar, denn der Beschuldigte hat den Traktor den Spuren nach auf den Weg zurückgesetzt und ist erst dann davongefahren.«

»Das ist mir zu wenig! – Was ist mit dem Mord an Fritz Weber?«

»Wenn wir das Geständnis zugrunde legen, war es der alte Delp.«

»Ich will den wahren Täter, den jungen.«

»Indizien haben wir durch Ihre Recherchen. Damit können wir versuchen, die Täter zu einem Geständnis zu bringen. Für eine Verhaftung reicht es allemal.«

»Wer wird sie verhören?«

»Der Fall ist in meinen Händen.«

»Das ist gut! Sie werden nicht so schnell aufgeben. Der Schwachpunkt ist die junge Frau. Sie ist sehr emotional.«

»Wir werden sie den Autofahrern gegenüberstellen. Wenn sie glauben, gesehen worden zu sein, werden sie den Fragen nicht lange standhalten.«

»Wenn ich bedenke, wie ich ihnen auf die Spur gekommen bin ...«

»Die Pfeife?«

»Die Eitelkeit der erfolgreichen Täter, die sie die Tatwaffe wie einen Fetisch aufbewahren lässt, weil sie meinen, den perfekten Mord begangen zu haben. Er hat sie sogar im Wirtshaus herumgezeigt.«

»Wusste er, dass Sie im gleichen Raum sind?«

»Das kann ich nicht sagen. Er wusste jedenfalls nicht, wer ich bin und wozu ich nach Hinterhimmelsbach gekommen war.«

Am Ende des Gesprächs rückte Buttmei mit dem Plan heraus, den er sich ausgedacht hatte, um den Fall so zu beenden, dass es Wirkung haben würde, für die im Dorf und für die, die verhört und zu Eingeständnissen gebracht werden sollten. Die Beamten zögerten erst, ließen sich schließlich überreden, weil sie seine ungewöhnlichen Methoden und die damit erzielten Erfolge kannten.

Bei der Abendvisite erklärte Buttmei dem behandelnden Arzt, er werde am nächsten Tag die Klinik verlassen. Der stimmte zögernd zu und verlangte, er müsse unterschreiben, dass er auf eigene Verantwortung ginge. Zugleich war er bereit, den Arm zu bandagieren, damit der Patient es wagen konnte, sich außerhalb der Klinik und unter Leuten zu bewegen, ohne ein größeres Risiko einzugehen. Kopfschmerzen hatte er schon seit Tagen nicht mehr, die Beine waren heil, Thrombosestrümpfe musste er auch keine mehr tragen, seitdem er tagsüber nicht mehr im Bett lag, eine vorbeugende Spritze würde er bekommen – was sollte ihn also in dieser weißgetünchten und ständig nach Desinfektion riechenden Welt noch halten? Dr. Hernau verlangte von ihm in die Hand ein Versprechen, dass er sich in physiotherapeutische Betreuung begeben würde. Eine von jungen Frauen betriebene Praxis gab es bei ihm zu Hause zwei Straßen stadtwärts. Schon manchen an Krücken Gehenden hatte er dort heraushumpeln gesehen.

Nachdem er das Frühstück des nächsten Tages und die letzte Behandlung hinter sich gebracht hatte, bestellte er ein Taxi und ließ sich zum Kommissariat bringen. Dort wurde er bereits erwartet.

Der Chef des Hauses bemerkte im sicher nicht zufälligen Vorbeigehen: »Sie machen also immer noch Extravaganzen. Ich dachte, Sie hätten sich in den Ruhestand begeben und würden auch Ruhe halten.«

Für Buttmei war nur eines wichtig: Er hatte sich nicht quergestellt, die Aktion konnte beginnen. Er knurrte ein kurzes Danke.

Nach einem Anruf bei Anne, die dabeisein wollte und auf das Startzeichen wartete, um sich auf den Weg ins Dorf zu begeben, setzte sich eine kleine Polizeikarawane in Marsch. Voran ein Streifenwagen, dahinter ein kleiner Bus mit vergitterter Zelle, dahinter ein Dienstwagen ohne besondere Merkmale. In ihm saßen der Fahrer, die beiden Kripobeamten, die Buttmei in der Klinik vernommen hatten. Er hockte mit angewinkeltem Arm hinten. Als sie an der Tatortampel ankamen, schalteten die beiden vorderen Wagen das Blaulicht ein und fuhren trotzdem langsam ins Dorf, zur Dorfmitte und weiter zum Delpschen Hof. Direkt vor dem Hoftor hielten sie an, und die Insassen stiegen aus. In den Augenwinkeln sah Buttmei Anne wenige Meter entfernt an einem Gartenzaun stehen. Er hatte sie gebeten, Abstand zum Ort der vorgesehenen Ereignisse zu halten.

Hinter den Fenstern wurde es lebendig – und nicht nur in den beiden Höfen. Die ersten Bewohner kamen auf die Straße und verharrten wenige Meter vor den Polizeiwagen. Langsam bildete sich ein Halbkreis. Voyeure, dachte Buttmei, sie kommen wie die Fliegen zum Aas. Die langgereckten Hälse vervielfachten sich und schoben sich immer enger zusammen und an das Geschehen heran. Er hatte es erwartet. Es gehörte durchaus zu seinem Vorhaben. Die Dorfbewohner sollten zu Zuschauern und Zeugen werden, es sollte sich herumsprechen, schnell und dauerhaft. Sie sollten es ihren Enkeln noch erzählen. Was vor den Staatsanwälten und Gerichten geschehen würde, war für ihn zweitrangig. Allerdings setzte er darauf, dass die Verhafteten den Verhörraffinessen seines erfahrenen Kollegen nicht gewachsen waren wie so mancher, der die Beamten kreuz und quer in die ablenkende Irre zu führen versuchte. Hartnäckig schweigen konnten sie, lavieren sicher nicht. Auch lag das Geständnis des alten Delp vor und war eine gute Basis, die Wahrheit zu offenbaren.

Die Familien Delp und Beilstein blieben in ihren Häusern und warteten. Zuerst betrat die inquisitorische Prozession den Delpschen Hof. Nur der Fahrer des Busses blieb bei den Fahrzeugen zurück. Der Hund kläffte an seiner Kette, drehte sich im Kreis, weil er gegen die Eindringlinge ansprang und von der Kette zurückgerissen wurde. Er fletschte die Zähne. Und als Buttmei ihn, sich der Wirkung wohl bewusst, anfuhr: »Halt's Maul, du Köter!«, wurde der Hund vollends wild, und sein Bellen klang schon heiser, als sie die Treppe hinaufgestiegen waren und die Eingangstür öffneten.

Im Hausflur stand die Familie beieinander: Großvater, Vater und Mutter und der Sohn. Der alte Delp trat vor und fragte, ob er verhaftet sei. Er hatte es von dem Moment an, als die Wagen vorfuhren, erwartet. Das Ja war also nicht überraschend für ihn, und er forderte seine Schwiegertochter auf, das Nötige einzupacken.

»Sie können zwei Koffer packen!« sagte Buttmei zu ihr, »Ihren Sohn nehmen wir auch mit.«

Mit diesem Satz traf er alle, die vor ihm standen. Entsetzen versteinerte ihre Gesichter. Es steigerte sich noch, als der Anführer der Eindringlinge, der Kriminalkommissar, die Haftbefehle auspackte und vorlas und von gemeinsam geplantem Mord und Mordversuch sprach.

Es sah nicht so aus, als ob die anderen Sätze, die verlesen wurden, mit Wörtern wie Asbest, Brandstiftung oder Fahrerflucht ihr Entsetzen noch steigern konnte.

Mit gepackten Koffern bewegten sie sich, einer hinter dem anderen, die Treppe hinunter. Voran die beiden Kripobeamten, dann ein Polizist, dann Georg Delp XXIII., hinter ihm Georg Delp XXV., dann die zwei Streifenbeamten, zuletzt, sich mit dem freien Arm an der Treppenstange festhaltend, Philipp Buttmei. Einen Augenblick lang hatte er den Eindruck, als wollten die Verhafteten in den Hof zurücktreten, nachdem sie die wartende Menge erblickt hatten. Sie wurden in den Bus verfrachtet und hatten es plötzlich selbst eilig, in das sie verbergende Innere zu gelangen. Ein Polizist blieb bei ihnen und bewachte sie. Die anderen bewegten sich wieder wie in einer Prozession zum Hoftor der Beilsteins.

Dort vollzog sich die gleiche Prozedur. Die Familie wartete im Flur. Brunhilde wusste, dass es um sie ging. Sie hörte sich den Haftbefehl, der auf Beihilfe zum Mord lautete, äußerlich ruhig an. Doch der Jungmädchencharme war aus ihrem Gesicht verschwunden. Sie wirkte älter, als sie war. Auch ihr Koffer wurde gepackt. Dann erfolgte der Treppenabstieg und der Weg zum grünen Bus. Sie stieg ein, saß den Delps gegenüber. Neben ihr einer der Polizisten. Der zweite Polizist nahm den Fahrersitz ein. Die Kripobeamten bestiegen den Dienstwagen, anschließend starteten die das Ende der Prozession abwartenden Polizisten den Streifenwagen. Der fuhr zuerst los, der Bus folgte und hinter ihm der Dienstwagen. Sie fuhren ohne Blaulicht rasch zum Dorf hinaus, zur Umgehungsstraße und der Stadt zu.

Der alte Beilstein war auf die obere Plattform der Haustreppe getreten und sah den wegfahrenden Autos nach. Die Asbestsache würde auch ihn einholen und Rechenschaft verlangen. Bestimmt wusste er das.

Buttmei drehte sich nach Anne um, die jenseits des Gedränges stand, ging auf sie zu. Die Menge teilte sich, machte ihm eine Gasse. Links und rechts standen die Dörfler stumm. Er hörte keine Bemerkungen. Nicht einmal geflüsterte. Mit Anne, die sich bei ihm einhakte, ging er den Weg zu ihrem Haus.

Unterwegs änderten sie die Laufrichtung, bogen nach dem Hohlweg an einer Gabelung nach links ab und ließen das Haus in Sichtweite rechts liegen. Oben auf dem Hügel vor dem Wald befand sich der Friedhof von Hinterhimmelsbach. Hand in Hand standen sie vor Fritz Webers Grab. Auf einem Findlingsstein war eine Fläche ausgehauen, auf ihr stand der Name Fritz Weber und das Geburtsjahr 1926.

»Das hat er noch selbst nach dem Kauf des Grabes aufstellen und vom Steinmetz einmeißeln lassen. Jetzt werde ich den Auftrag geben, das Todesjahr dazuzusetzen«, erklärte sie ihm. Dann sprach sie ein Vaterunser. Er stolperte hinterher mit dem Text, wie er ihn aus der Kindheit im Gedächtnis hatte, sie sprach von der Erlösung vom Bösen, er vom Übel. In seinen Augenwinkeln flirrte der Widerschein weißer Birkenrinde. In Hinterhimmelsbach war es üblich, auf dem Friedhof Birken zu pflanzen.

Als sie wieder vor dem kleinen Gittertor standen, fiel ihm sein Vater ein, der bei einem Spaziergang über den Hügel gesagt hatte, auf einem solchen Friedhof ließe sich gut ruhen. Hinter ihnen im leichten Wind das Rauschen und die Lichtspiele jungen Buchenlaubs. Vor ihnen das Tal, in dem das Dorf lag, als sei es ein irdisches Paradies. Zwischen bewaldeten Hügeln andere Dörfer mit in der Sonne gleißenden Dächern. Auf dem Rückweg steckte er sich eine Pfeife an. Während der Aktion wollte er nicht rauchen, weil er meinte, das lenke ab und verniedliche den Vorgang. Mit umso größerem Vergnügen blies er jetzt den blauen Rauch in die Landschaft.

»Ich werde morgen abreisen. Für mich ist der Fall geklärt. Was jetzt noch geschieht – Gerichtverhandlungen, Urteile –, interessiert mich nicht allzu sehr, hat mich noch nie allzu sehr interessiert«, sagte er zur ihr.

Anne erwiderte: »Mich schon.«

Zu Theo sagte er: »Es geht nach Hause. Dir stehen wieder härtere Zeiten bevor, denn so wie Anne werde ich dich nicht verwöhnen.«

»Willst du nicht noch ein paar Tage bleiben?«

»Ich brauche nun wieder für eine Zeitlang meine gewohnte und unaufgeregte Umgebung.«

»Ich werde euch vermissen.«

»Willst du nicht in die Stadt ziehen? Du kannst ins Theater gehen, in Konzerte, unter Leute kommen. In deinem Alter findest du auch wieder einen Partner. Das ist doch besser, als sich hier zu vergraben.«

»Und das Haus?«

»Verkauf es. Es gibt genug Familien in der Stadt, die ein Ferienhaus suchen.«

»Nein, soweit bin ich noch nicht. Ich glaube auch nicht, dass ich nochmal einen Mann auf Dauer um mich vertragen könnte.«

»Du bist entwöhnt.«

»Vielleicht.« Und nach einer nachdenklichen Pause sagte sie: »Ich muss mich noch darum kümmern, dass die Gedenktafel am Rathaus angebracht wird.«

»Für die ermordete jüdischen Familie?«

»Ja.«

Er sah das Hinterhimmelsbacher Rathaus vor sich, zweistöckig, unten unbehauene Sandsteine geschichtet, darüber die schindelverkleideten Räume der Gemeindeverwaltung. Oben auf das Dach ein Türmchen mit einer Glocke. Ihr Läuten hatte er nur einmal gehört, als es in einem Nachbardorf brannte. Im Rathaus war in der Nachkriegszeit ein Saal mit Wandtafel, Kanonenofen und knarrenden Holzdielen ausgestattet worden. Die dort einquartierte einklassige Volksschule besuchte auch er, bis in der Stadt die Höhere Bürgerschule den Unterricht wieder aufnahm.

»Wo soll die Tafel angebracht werden, unter den Schindeln im Sandstein?«

»Fest im Sandstein verankert«, gab sie zur Antwort. »Wie wirst du deine Zeit in der Stadt verbringen?« fragte sie ihn.

Er zählte auf: »Zuerst ausschlafen, in aller Ruhe im Schlafanzug frühstücken und Zeitung lesen. Musik hören, mit Theo am Fluss spazierengehen. Pfeife rauchen, Rotwein trinken.«

»Bis der nächste Fall auf dich zu kommt ...«
Als sie das sagte, hob er abwehrend die Hände.